Contes et Moralité

Jey Withane

Published by Jey Withane, 2024.

CONTES ET MORALITÉ

First edition. December 19, 2024.

ISBN: 979-8230007494

Written by Jey Withane.

Table des Matières

Pour

Emily

qui a transformé les contes en ballet de fées.

To

Emily

who almost wrecked her back trying to deliver a pas de chat.

Für

Emily

und Ibuprofen! Vivat!

Contes et Moralité

Les Dames de Perrault

Dramatis Personae

Distribution de la Première Représentation: Juni 2024

Mise en scène par: Jey Withane

Mme Scudéry ... TERESA

Mme Coulange ... MARIIA

Mme Bernard ... EMILY

Mlle Aulnoy ... LAURA

Mme Murat ... MAJA

Mlle LaForce ... PHILINE

M Perrault ... PHILLIP

Les Méchants ... JEY

ACTE PREMIER
La belle au bois dormant

SCÈNE 1

<u>La présentation des femmes</u>

(Les femmes disent leur propre nom, toujours avec une nouvelle pose. Ce sont des portraits sur pied de type haute couture, très stylisés et dramatiques.

Perrault est toujours avec nous sur la scène. Quand il n'est pas dans le salon, il se tient près de son bureau et observe, prend des notes)

(TOUS)

Scudéry : Scudéry.

Coulage : Coulange.

Bernard :Bernard.

Aulnoy : Aulnoy.

Murat : Murat.

Scudéry : L'art.

Coulange : Le plaisir.

Bernard : La sagesse.

Aulnoy : La beauté.

Murat : L'amitié.

Scudéry : Scudéry.

Coulage : Coulange.

Bernard :Bernard.

CONTES ET MORALITÉ

Aulnoy : Aulnoy.

Murat : Murat.

Scudéry : La vie à Versailles est compliquée.

Coulange : Mais pas forcément intéressante.

Bernard : Nous nous réchauffons dans les rayons de notre roi.

Aulnoy : Et ignorons les ombres de notre bonheur.

Murat : Le pays peut bien sombrer dans la pauvreté,

Scudéry : mais notre cour brille

Coulange : se lève

Bernard, Aulnoy & Murat : grâce à notre

Scudéry : art.

Coulange : plaisir.

Bernard : sagesse.

Aulnoy : beauté.

Murat : amitié.

Coulange : Une femme n'a rien à dire,

Scudéry : C'est pour cela que nous écrivons.

Bernard : Une femme ne comprend pas les grands discours.

Scudéry : C'est pour cela que nous lisons.

Aulnoy : Notre bonheur se trouve dans l'alliance

Murat : Et dans la soie de Lyon.

Scudéry : Nos éventails sont grands, nos jupes sont larges, nos cheveux sont haut,

Coulange : Personne ne voit comment nos lèvres bougent, nos pieds tâtonnent impatiemment

Bernard : Et notre front bouillonne d'idées.

Aulnoy & Murat : Et c'est ainsi que cela doit être.

Aulnoy : Murat connaît tous nos secrets, on ne veut pas d'elle comme ennemie.

Murat : Aulnoy va bientôt se marier, quand on parle de romantisme, on pense à elle.

Coulange : Bernard est veuf, il ne faut pas sous-estimer son pouvoir et sa liberté à la cour.

Bernard : Coulange représente la joie et l'humour, on peut toujours compter sur elle.

Tous : Et Scudéry ?

Scudéry : Scudéry s'y connaît en littérature. Mes salons sont légendaires, comme mes histoires. Si je n'existais pas...

Tous : ...nous ne serions pas un "nous".

Scudéry : Scudéry.

Coulage : Coulange.

Bernard :Bernard.

Aulnoy : Aulnoy.

Murat : Murat.

Murat : La... qui ?

Aulnoy : Nouveau ici ?

Bernard : Dans notre vie ?

Coulange : Comment s'appelle-t-elle ?

Laforce : Laforce. C'est moi.

Scudéry : Ma fille ?

Laforce : Oui ?

Scudéry : Suis-moi. Je te montre Versailles.

(Laforce et Scudéry s'en vont)

SCÈNE 2

<u>La nouvelle</u>

(MURAT, AULNOY, COULANGE, BERNARD)

Murat : Vous avez entendu ? Elle est enceinte.

Aulnoy : J'ai entendu dire qu'elle a craché sur la reine d'Espagne à l'Opéra de Paris.

Coulange : N'importe quoi. Je parie qu'elle a tué quelqu'un.

Bernard : Ce sont toujours celles qui ont l'air innocentes, celles qui portent des haillons sous leurs robes, celles qui ont le deuil dans les yeux, qui, en vérité, cachent un sombre secret...

SCÈNE 3

<u>Le salon</u>

(Le salon est toujours visible sur la scène, à gauche, avec des fauteuils et des rideaux drapés en arrière-plan. Les Femmes s'installent comme si c'était leurs propres salles à manger. Laforce reste à part, nerveuse, curieuse)

(TOUS)

Laforce : Qui attendons-nous ?

Scudéry : Charles.

Bernard : Perrault.

Coulange : Il publie nos contes.

Laforce : Les vôtres ?

Scudery : Eh bien, ceux du monde.

Bernard : Nous les lui racontons et lui, il les écrit.

Laforce : Il est si bon que ça ?

Murat : Il est très ... malléable.

Bernard : Nous l'aimons bien.

Coulange : Et parfois il nous aime même un peu aussi.

Scudéry : Mais ne te méprends pas, ma chère, nous sommes tous des littéraires ici. Nous écrivons tous. Nous lisons tous. Nous savons tous ce qui vaut la peine d'être écrit et lu.

Bernard : C'est juste plus facile pour les hommes de publier.

Murat : C'est pourquoi nous lui rendons la tâche un peu plus difficile.

Perrault : À qui vous rendez la tâche difficile ?

Coulange : Charles !

Perrault : J'espère que ce n'est pas à moi, vous savez que ma mission est de vous donner des ailes.

Scudéry : Bonjour, mon cher.

Perrault : Bonjour, ma belle. Je vous ai apporté aujourd'hui la belle—Oh ! qui est-ce ?

Aulnoy : Une nouvelle. Son père l'a envoyée chez nous à Versailles. Nous avons essayé d'en deviner plus toute la matinée.

Perrault : Et bien, j'espère que vos devinettes n'excitent pas trop votre imagination.

Murat : Naaan. Nous n'aimons pas les mensonges sauvages et inventés.

Aulnoy : Et puisqu'on parle de ça. Monsieur Perrault ? Votre conte d'aujourd'hui ?

SCÈNE 4

<u>La Belle au bois dormant</u>

(Les contes de fées sont lus, abrégés, par Perrault, tels qu'ils sont dans l'original. Pendant ce temps, les femmes se changent en costumes simples et jouent les contes de fées en mimant).

(TOUS)

Aulnoy : Bravo !

Coulange : Beau !

Murat : Assez beau !

Bernard: *(ronfle)*

Perrault : Il semble que madame Bernard n'ait pas aimé ?

Bernard : Oh, pardon, ai-je l'air de ne pas être intéressé ? Je pensais juste que mon ronflement attirerait peut-être un prince.

Coulange : Vous n'êtes pas contente ?

Bernard : Ma chère, je ne suis pas satisfaite depuis la mort de mon mari il y a dix ans.

Murat : Et à qui la faute ?

Bernard : tsk ! Monsieur Perrault, êtes-vous simple ? Quelle femme voudrait dormir des centaines d'années juste pour épouser un beau prince ?

Murat : Et bien, s'il y avait de beaux princes...

Aulnoy : Aussi beau, héroïque et bon qu'il soit, vaut-il vraiment la peine de patienter aussi longtemps ?

Murat : Que tu ne peux pas patienter, Mlle Aulnoy, nous le savons. *(à part)* Elle va se marier dans deux semaines avec un homme qu'elle connaît depuis un mois).

Bernard : Mais mesdames, voyons, vous avez attendu combien de temps pour vous marier ?

Murat : 1 an.

Coulange : 2 ans.

Scudéry : longtemps...

Bernard : Et vous ne le regrettez pas ? À l'époque, moi aussi j'ai attendu 2 ans pour me marier. Nous n'avons eu que 8 ans ensemble. Si j'avais su, je n'aurais pas attendu une seconde.

Murat : Il était donc...

Bernard : Une courtisane se pâmerait si elle savait ce qu'il savait accomplir.

Aulnoy : ugh, encore deux semaines.

Scudéry : Alors quoi ? vous n'avez pas aimé le conte de fées parce que vous ne savez pas comment vous satisfaire ? Des pinceaux simples, comme si c'était la seule chose dans la vie, la seule chose que nous pourrions accomplir.

Coulange : Pourraient-ils, mais le peuvent-ils ? Dites-nous, madame Bernard, dans combien de sociétés étiez-vous la bienvenue avant que madame Scudéry ne vous invite ici ?

Bernard : Un mari ouvre beaucoup de possibilités.

Scudéry : Le pouvoir.

Murat : La politique.

Bernard : L'influence.

Laforce : La liberté...

Bernard : Eh ben. Voilà. Pourquoi attendre un prince charmant, alors qu'un mari, tel qu'il le soit, peut déjà satisfaire tout nos désires ?

Aulnoy : Et l'amour dans tout ça ?

Toutes : Ha!

(Toutes sauf Scudéry et Laforce s'en vont)

SCÈNE 5

<u>Toute seule</u>

(Scudéry rattrape Laforce.)

(SCUDÉRY, LAFORCE, BERNARD, PERRAULT)

Scudéry : Madame Laforce ?

Laforce : Mademoiselle, s'il vous plaît.

Scudéry : Vous n'avez pas aimé le conte de fées ?

Laforce : Si, beaucoup. Moi aussi j'aurais aimé...

Bernard *(sa tête apparaît)*: Vous venez ?

Scudéry : Un moment. Aurais aimé... ?

Laforce : Si j'étais belle, je me serais bien gardée d'approcher l'aiguille...

SCÈNE 6

<u>La moralité</u>

(SCUDÈRY, LAFORCE, PERRAULT)

Moralité

Attendre quelque temps pour avoir un époux,

Riche, bien fait, galant et doux,

La chose est assez naturelle ;

Mais l'attendre cent ans, et toujours en dormant,

On ne trouve plus de femelle,

Qui dormît si tranquillement.

CONTES ET MORALITÉ

La fable semble encor vouloir nous faire entendre,
Que souvent de l'hymen les agréables noeuds,
Pour être différés, n'en sont pas moins heureux,
Et qu'on ne perd rien pour attendre.
Mais le sexe, avec tant d'ardeur,
Aspire à la foi conjugale,
Que je n'ai pas la force ni le cœur,
De lui prêcher cette morale.
– Charles Perrault. "Moralité" Les contes de ma mère l'Oye. 1697
(La moralité est toujours lue par Perrault comme elle est écrite dans l'original).

ACTE II
La Barbe Bleue

SCÈNE 1

<u>Murat et Coulange s'inquiètent</u>
(*Aulnoy est hors scène. Murat et Coulage attendent près d'une porte*).
(*MURAT, COULANGE, AULNOY (VOIX)*)

Murat : Combien de temps encore ?

Aulnoy : Une semaine et demie !

Murat : Je voulais dire là-dedans !

Coulange : Laisse-la, elle est trop enthousiaste.

Murat : Elle essaie sa robe de mariée tous les jours pour voir si elle lui va toujours !

Coulange : Tu lui en veux ?

Murat : Si je ne l'aimais pas autant, je la mangerais. On va être en retard.

Aulnoy : Une semaine et demie !

Murat : Une demi-heure !

Coulange : Scudéry nous attendra. Notre salon n'a encore jamais commencé sans nous.

Murat : Bien sûr, mais depuis, il y a cette Laforce qui nous a joint.

Coulange : Tu es jalouse ?

Murat : Jamais. C'est juste que je n'aime pas cette fille. Elle cache quelque chose. Tu as vu comme elle évite tout le monde ? Le duc ou le baron ou même le roi !

Coulange : Et c'est pour cela que nous sommes contentes que Scudéry l'ait pris en charge.

Murat : Je dis ça comme ça, elle ne se mariera jamais...

Aulnoy : QUOI ?!

Coulange : On parle de Laforce !

Aulnoy : Oh d'accord.

Coulange : Peut-être qu'elle ne veut pas se marier, tu lui en veux ?

Murat : ...Non !

SCÈNE 2

<u>Le rêve d'Aulnoy</u>

(*BERNARD, LES MÊMES, AULNOY sort, rayonnante de joie*)

Aulnoy : Mon mariage !

Murat : Regarde, elle a réussi à enlever sa robe de mariée.

Aulnoy : Mon mariage !

Coulange : Regarde, elle la porte encore en pensée.

Aulnoy : Mon mariage ! mon mariage ! oh je vais avoir le meilleur mariage de la cour ! Le roi lui-même ne pourrait pas me séduire ! Mon mari m'aimera, me tiendra, me portera au lit ! Il m'écrira des poèmes et me chantera, il ne lèvera jamais les yeux vers une autre ! Je serai sa princesse de coussin, son Aphrodite du bonheur ! Et chaque fois qu'il m'embrassera, le sol se dérobera sous ses pieds.

Coulange : Un mariage de chute jusqu'au bout.

Murat : Ben, on dit bien qu'on "tombe" amoureux.

Coulange : Ma chère, tu sais que je tiens à toi, alors je dois te demander quelque chose : tu raffoles de quelqu'un par optimisme ou par naïveté ?

Aulnoy : Qu'est-ce que tu veux dire pas là ?

Coulange : Eh bien, tu es certainement consciente que ton fiancé n'est pas vraiment un prince de conte de fées, n'est-ce pas ?

Aulnoy : Hein ?

Coulange : Eh bien, ma chérie, tu sais sûrement qu'un mariage demande beaucoup de travail, qu'il exige de la fidélité, de la sincérité et une patience constante.

Aulnoy : Tu parles sur un ton qui ne me plaît pas...

Murat : Mlle Aulnoy, et s'il ne t'est pas fidèle ?

Coulange : Mlle Aulnoy, et s'il te cachait de sombres secrets ?

Aulnoy : Mlle Aulnoy, et s'il ... n'était pas parfait ? non, ce n'est pas possible. Laissez-moi tranquille, vous êtes juste jalouse que votre mari ne soit pas assez bien pour votre beauté et votre intelligence mais le mien ? Le mien, il l'est ou qu'est-ce que vous pensez... ?

Murat : Mlle Aulnoy, le mariage est une épreuve. Les hommes aussi ont parfois un mauvais jour. Et ne les aimons-nous pas pour leur volume, leur dureté, leur héroïsme ? Mais que se passera-t-il si cet héroïsme bruyant et dur est dirigé vers nous un jour ? Resteras-tu calme, patiente, aimante ? Acquiesceras-tu et t'agenouilleras-tu en lui enlevant encore ses chaussettes ?

Coulange : Mlle Aulnoy, et si ce n'était pas lui qui échouait à cette épreuve ?

Aulnoy : Mlle Aulnoy ... mais moi ?

Bernard (*passant*): Vous venez ? nous attendons tous.

Coulange : Nous arrivons !

Aulnoy : Partez... partez déjà sans moi.

SCÈNE 3

<u>Le salon</u>

(TOUS)

Scudéry : Ah, mesdames, quelle joie de vous voir arriver ! Nous sommes déjà prêtes.

Coulange : Quel conte entendons-nous aujourd'hui, monsieur Perrault ? Et dites-moi que la couleur de la barbe là-bas n'a rien à voir avec cela et que ce n'était pas un accident.

Murat : Une erreur ? Cela ne pourrait jamais arriver à notre petit Charles !

SCÈNE 4

<u>Barbe-Bleue</u>

(Le Conte se déroule)

(TOUS, choqués)

Scudéry : Donc... de quoi parle ce conte de fées ?

Perrault : Que les femmes sont souvent trop curieuses pour leur propre bien. - QUE NOUS SOMMES TOUS trop curieux et que la curiosité est dangereuse. Très dangereuse. Et nous, nous n'aimons pas être en danger.

(Silence)

Perrault : Tellement grave ?

Murat : Non. bien.

Scudéry : Pardon ?

Murat : Regardez donc, mesdames. Nous avons tous des secrets, n'est-ce pas ?

Coulange : Moi, je ne cache rien !

Murat : Même qu'une fois tu as laissé tomber ton gant pour que le jeune duc O. te le ramasse ? Toi, Bernard, tu ne rencontres pas souvent en secret la maîtresse du roi pour discuter de tes idées avec elle ? Et toi, Scudéry, n'as-tu pas dit l'autre jour à l'ambassadeur d'Espagne que tu avais déjà fini d'écrire une histoire, et que tu devais encore l'écrire dans le carrosse pour la lecture, de sorte que personne ne pouvait lire ton écriture ? Oui, je connais vos secrets. Oui, nous avons des secrets alors pourquoi les hommes ne devraient-ils pas en avoir ?

Laforce : Mais des cadavres dans le placard ?

Murat : L'essentiel ne devrait-il pas être que cela ne nous concerne pas ?

Bernard : Tout comme nos secrets ne te concernent pas ?

Murat : Je ne dis pas que j'aurais survécu à ce conte de fées. Je dis seulement que nous devons faire confiance à nos maris quand ils nous disent de ne pas les remettre en question !

Coulange : Peut-être as-tu raison... est-ce pour cela que nous ne nous marions pas ? Pour qu'ils nous retiennent ? Pour qu'ils nous protègent et s'occupent de nous ? Si nos maris exigent quelque chose de nous, ne devrions-nous pas nous soumettre à leurs prescriptions ?

Aulnoy : N'importe quoi !

Scudéry : Mlle Aulnoy !

Aulnoy : Monsieur Perrault, vous avez oublié quelque chose d'important dans votre conte de fées : Oui, trop savoir, trop vouloir, se poser trop de questions peut être dangereux mais regardez bien : Mme Coulange a laissé tomber son gant pour que le duc O. lui envoie les derniers livres de Paris. Mme Bernard a rencontré la maîtresse du roi pour intégrer ses idées dans sa politique et Scudéry n'est pas allée à n'importe quelle lecture ! Elle a fait la lecture à la reine d'Espagne et son texte n'était pas seulement plein de poésie mais aussi d'intelligence ! Elle a ainsi impressionné et influencé toute l'Europe. Sans son mensonge, l'ambassadeur d'Espagne ne l'aurait jamais invitée.

Murat : Où veux-tu en venir ?

Aulnoy : D'après moi, nous nous engageons peut-être dans le mariage avec optimisme et naïveté, mais nous le menons avec réflexion et manipulation affectueuse ! Les hommes ont leurs secrets, tout comme les femmes. Nous nous regardons dans les yeux d'égal à égal, parce que nous savons ce qui se cache derrière. Si mon mari essaie un jour d'éviter mon regard, il finira par connaître la puissance de ma main.

SCÈNE 5

<u>Le chuchotement de l'admiration</u>
(SCUDÈRY, LAFORCE, PERRAULT)
Scudéry : Est-ce qu'elle t'a intimidée ?
Laforce : Non, impressionnée. Si seulement j'étais comme elle...

SCÈNE 6

<u>Autre Moralité</u>
(SCUDÈRY, LAFORCE, PERRAULT)

Autre moralité

Pour peu qu'on ait l'esprit sensé,

Et que du monde on sache le grimoire,

On voit bientôt que cette histoire

Est un conte du temps passé ;

Il n'est plus d'époux si terrible,

Ni qui demande l'impossible,

Fût-il malcontent et jaloux,

Près de sa femme on le voit filer doux ;

Et de quelque couleur que sa barbe puisse être,

On a peine à juger qui des deux est le maître.

– Charles Perrault. "Moralité" Les contes de ma mère l'Oye. 1697

ACTE III
Le Maître Chat

La loi de Scudéry et Bernard

(Scudéry et Bernard, déjà dans le salon, se réjouissent de quelque chose)

(SCUDÉRY, BERNARD, LAFORCE, MURAT)

Laforce : Une telle joie ?

Bernard : La maîtresse du roi l'a convaincu ! Bientôt je serai au conseil royal !

Scudéry : Et tout ce qu'il fallait, c'était que la maîtresse lève les yeux de sa conquête amoureuse avec le duc O.

Laforce : C'est impressionnant. là d'où je viens, personne n'a encore réussi quelque chose de pareil.

Scudéry : C'est parce que là-bas, il n'y a pas non plus de roi, un roi qui ne pourrait pas être plus égoïste, plus têtu et plus belliqueux.

Laforce : Non, mais suffisamment d'autres qui sont pareils...

Bernard : Et parce qu'il est tellement imbu de lui-même, je me suis mis à sa ressemblance. J'ai mis des culottes, des bottes et un chapeau et j'ai parlé comme un homme. Et parce qu'il est tellement têtu, je n'ai jamais baissé le regard. Et parce qu'il est tellement belliqueux, j'ai parlé plus fort que tous les autres.

Laforce : Dans quel but ?

Bernard : Rentrer dans le cabinet du roi, évidemment ! une politique intelligente : des écoles pour tous. Prendre moins d'impôts des pauvres. Une redistribution des richesses de France, moins pour Versailles et plus pour les grandes villes, par exemple pour créer de meilleurs cimetières qui sauveront la population des maladies. Et, bien sûr, maintenir la splendeur de la France telle qu'elle est.

Scudéry : Par-là, elle entend...

Bernard : ... que le pays est assez grand. Pourquoi toutes ces guerres pour des petit bouts de terre infructueux ?

Laforce : Et dans le cabinet du roi, vous pouvez obtenir tout cela ?

Bernard : Et bien plus encore. Toutes ces années de soumission... J'ai aimé mon mari, oui, mais ce n'est qu'après sa mort que j'ai vraiment connu la liberté, des conversations jusque tard dans la nuit, des têtes intelligentes qui m'offrent leurs oreilles, des philosophes qui connaissent mon nom. La nuit, je rencontrais les maîtresses du roi, qui lui parlaient de moi ; chaque jour je lui souriais pour pour lui donner un visage à mon nom. Et maintenant, enfin, après dix ans, le dur travail a enfin porté ses fruits.

Murat *(qui est entrée)* : Ah, mesdames... vous n'êtes donc pas au courant ? le duc O. vient d'être promu au cabinet du roi.

Laforce : Le duc O. ?

Scudéry : L'amant de la maîtresse du roi... vite, Murat, le roi n'était pas au courant des efforts de Mme Bernard ?!

Murat : Il a dit qu'il ne la voyait pas la raison de favoriser une femme aussi égoïste, têtue et belliqueuse...

Scudéry : Comment pouvait-il dire une chose pareille ?! L'insulte, pour lui, n'est-elle pas claire ?

Murat : Il semblait en être fier.

Bernard : Commençons par le salon. Un conte de fées est toujours... un conte...

SCÈNE 2

<u>Le Maître Chat</u>

(Le conte se déroule)

(TOUS)

Coulange : Ce conte m'a plu.

Aulnoy : Malin, ce chat.

Scudéry : Mais dites-moi, Monsieur Perrault, qui aviez-vous en tête quand vous avez écrit le chat botté ?

Perrault : Qui j'avais en tête ?

Scudéry : Eh bien, un chat plus malin que tous les autres, qui s'habille comme la haute société et qui, avec son intelligence, mène même les plus grands magiciens par le bout du nez...

Perrault : Je ne comprends pas...

Scudéry : Essayez. Qui est votre inspiration ?

Murat : Ne soyez pas si lantard !

Perrault : Mme Bernard ?

Coulange : Je suis confus. Pourquoi on s'énerve ?

Murat : Habillé comme un homme, soudain brillant dans son genre...

Laforce : Cependant il perd sa nature de chat...

Perrault : Oh. Ce n'était pas mon intention. *(Il regarde son texte et s'y perd...)*

Bernard : Mesdames, nous interprétons peut-être trop ce conte. Charles, allez boire un thé, votre voix doit être fatiguée. Mesdames, merci de vous inquiéter de moi, mais je n'en veux pas, pour rien au monde.

Le roi m'a insulté, comme il a insulté sa mère quand il était couronné étant enfant et la privé de son droit de parole. Mais c'est ainsi qu'est le monde. Hélas, c'est ainsi.

Scudéry : Et Perrault publiera.

Coulange : Voilà une moralité.

Murat : Allons boire un thé, hein ? L'air dans le salon est un peu trop épais en ce moment.

(Tous partent. Scudéry reste brièvement devant la porte de sortie et observe silencieusement)

SCÈNE 3

<u>Sans force</u>
(PERRAULT, LAFORCE)
Perrault *(re-rentrant dans le salon avec une tasse de thé)*: Tous partis ?

Laforce : Ou invisibles.

Perrault : Invisibles ?

Laforce : L'histoire nous oubliera. Ce sera comme si nous n'avions jamais été là.

Perrault : Mais vous l'avez été.

Laforce : Oui. Invisible.

Perrault : Et pourtant cela a fait la différence. *(Une pause. Laforce a l'air distrait).*

Mon enfant ?

Laforce : Vous connaissez l'histoire de Cendrillon ?

Perrault : Non.

SCÈNE 4

<u>Conte: Cendrillon</u>
(Le conte de déroule, raconter par Laforce)
(PERRAULT, LAFORCE, SCUDÈRY)
Perrault : C'est là que ça se termine ?

Laforce : Oui, non, peut-être.... Je ne connais pas la fin, pas encore.

Scudéry : Voici donc la moralité :

Moralité

C'est sans doute un grand avantage,
D'avoir de l'esprit, du courage,
De la naissance, du bon sens,
Et d'autres semblables talents,
Qu'on reçoit du ciel en partage ;
Mais vous aurez beau les avoir,
Pour votre avancement ce seront choses vaines,
Si vous n'avez, pour les faire valoir,
Ou des parrains, ou des marraines.
– Charles Perrault. "Moralité" Les contes de ma mère l'Oye. 1697
(Effrayée par la proximité de Scudéry, Laforce s'enfuit et perd son gant
que Scudéry ramasse)

SCÈNE 5

<u>Le retour des autres</u>

Scudéry : Vous n'êtes donc plus en colère ?

Bernard : Oh, je suis en colère. Mais ma colère est glaciale, pas chaude. Elle n'est pas bruyante, mais chuchotée. Elle n'est pas exubérante, mais précise. Le roi peut dire que j'ai perdu ma féminité, mais même en culottes courtes, je sais encore qui je suis. Nos guerres ne se déroulent pas sur les champs de bataille, mesdames, elles se déroulent derrière la main levée devant la bouche et le poison sur la langue. Le roi n'en est peut-être pas conscient, qu'il pense donc en paix. Je continuerai à murmurer mes idées à sa maîtresse jusqu'à ce que je les voie signées par lui sur des papiers d'État. Sans ou avec culottes, sans ou avec des bottes, sans ou avec la Corse : Nous gouvernons déjà Versailles, regardez-nous ! L'art n'est-il pas de fixer les idées actuelles de la société ainsi que d'enflammer les idées futures ? Nous ne sommes pas seulement dans l'air du temps, nous sommes le cœur qui fait vivre le monde. Scudéry, continue à écrire tes histoires, Aulnoy, continue à regarder ton fiancé dans les yeux, Coulange, continue à croire en la force de ta compatriote.

Et qui sait, peut-être que le roi portera bientôt des jupes pour être aussi royalement puissant que nous.

Scudéry : Oui. Et que nous aussi, nous n'oublions pas tout cela.

Bernard : Monsieur Perrault ? voilà votre moralité.

ACTE IV
Le Chaperon Rouge

SCÈNE 1

<u>Réintroduction</u>

(TOUS)

Scudéry : Scudéry.

Coulage : Coulange.

Bernard :Bernard.

Aulnoy : Aulnoy.

Murat : Murat.

Scudéry : L'art.

Coulange : Le plaisir.

Bernard : La sagesse.

Aulnoy : La beauté.

Murat : L'amitié.

Aulnoy : Murat connaît tous nos secrets, on ne veut pas d'elle comme ennemie.

Murat : Aulnoy va se marier dans une semaine, quand on parle de romantisme, on pense à elle.

Coulange : Bernard est veuf, son pouvoir et sa liberté à la cour ne doivent pas être sous-estimés, le roi va apprendre à la craindre !

Bernard : Coulange est synonyme de la joie et l'humour, on peut toujours compter sur elle.

Laforce : Scudéry est belle, de l'intérieur et de l'extérieur. il n'y a personne qui écrit aussi intelligemment qu'elle. Ce qui est discuté dans ses salons devient loi le lendemain. L'art reflète le monde, l'art influence le monde. Scudéry n'est pas seulement dans l'air du temps, elle est le cœur. Le cœur. Mon cœur ?

Scudéry : Et toi, Laforce ?

Aulnoy : Laforce n'aime pas les hommes.

Murat : On dit qu'elle en a connu trop.

Coulange : Elle est toujours seule et perdue, on veut la protéger.

Bernard : Se battre pour elle.

Scudéry : Et toi, Laforce ?

Laforce : Un coup de poignard dans le fuseau, une femme qui a résisté à l'homme, et des bottes que j'espère ne jamais porter...

Tous: *(baillent)*

SCÈNE 2

<u>Jugement I</u>
(MURAT, LAFORCE, COULANGE)

Murat : Allez, petite sœur, qu'est-ce qui te met de mauvaise humeur ? Parce que si tu continues comme ça, notre humeur sera bientôt mauvaise aussi.

Laforce : Je ne veux pas.

Murat : Alors, souris. Ah, un beau sourire. Tes dents ont dû séduire beaucoup d'hommes. Ah ! j'ai raison ? quoi, tu es vraiment enceinte ?

Laforce : Non !

Murat : Ah, c'est pour cela que tu voulais t'enfuir !

Laforce : Jamais ! je-

Murat : Ou as-tu refusé une demande, de sorte que maintenant plus personne ne veut de toi ? tu voulais trop ? tu te prends pour une princesse alors que tu ne comprends même pas la mode de Versailles ?

Coulange : Mme Murat ! Assez ! laisse la jeune fille tranquille. Ne vois-tu pas qu'elle porte un lourd fardeau dans son cœur ? Va, va au salon et laisse-nous tranquilles.

SCÈNE 3

Jugement II

(COULANGE, LAFORCE)

Coulange : Ma chère, je dois m'excuser. nous ne sommes pas toutes comme ça. Ton secret est le tien, personne n'a besoin de le savoir.

Laforce : Merci.

Coulange : Mais sache que si tu veux nous le dire, alors ose le faire. porter un fardeau est plus facile à deux.

Laforce : Mme Coulange. Avez-vous déjà été touchée avant votre mariage ?

Coulange : Je me serais bien gardée ! C'est à ça que sert le mariage. Souiller l'innocence avant...

Laforce : Bien sûr.

Coulange : Oh, jeune fille, méfie-toi de tes désirs. On nous pardonne beaucoup de choses, mais jamais de vouloir plus que ce qui nous est dû.

Laforce : Bien sûr.

Coulange : Tu n'as quand même pas...

Laforce : Non, je n'ai jamais voulu...

Coulange : Alors c'est bien. Même Scudéry ne serait pas d'accord avec cette faute. Maintenant viens. Le salon commence.

SCÈNE 4

Conte sans moralité

(TOUS)

Aulnoy : Regardez, Mme Coulange, ce que Monsieur Perrault nous a apporté aujourd'hui ! Rouge, comme l'amour !

Murat : Comme le désir !

Bernard : Oh, fillette...Comme la guerre !

Coulange : Des synonymes.

Scudéry : Asseyez-vous, calmez-vous, nous allons commencer.

<u>Conte: Le petit chaperon rouge</u>
(Silence)

Scudéry : Et la moralité ?

Laforce : Je la connais déjà. Chaperon n'aurait pas dû partir. Elle n'aurait pas dû porter du rouge. Elle n'aurait pas dû faire confiance au loup. Elle n'aurait pas dû faire confiance à sa mère, à sa grand-mère, à la forêt, c'est de sa faute, tout est de sa faute. Elle aurait dû dormir cent ans, elle n'aurait jamais dû essayer de s'opposer à l'homme, elle aurait dû porter des bottes et un chapeau, elle aurait dû savoir, elle.... Elle aurait dû....elle.....

Scudéry : Mais, Mlle Laforce !

Murat : Qu'est-ce que tu racontes ?

Aulnoy : Sa faute ?! Laisse-moi rire !

Coulange : C'était la faute de tout le monde, la faute à tout le monde, mais pas la sienne !

Bernard : La mère, la grand-mère, la forêt, elles auraient dû en savoir plus, mais à qui la faute ? La faute au loup seulement !

Laforce : Mais...

Scudéry : Non, Mlle Laforce ! Quoi que tu aies pensé, peu importe ce que nous t'avons dit, tu t'es trompée. Nous retirons tout mot qui t'a donné l'impression que le chaperon est innocent, point final.

Coulange : Je suis entièrement d'accord avec le chaperon.

Murat : Le chaperon ne devrait jamais avoir à se cacher avec de telles pensées.

Aulnoy : Je dis : l'amour, le plaisir et la guerre mais selon nous.

Laforce : Mesdames...

Scudéry : Charles ! Ta moralité !

SCÈNE 5
<u>Moralité</u>
(TOUS)

Moralité
On voit ici que de jeunes enfants,
Surtout de jeunes filles
Belles, bien faites, et gentilles,
Font très mal d'écouter toute sorte de gens,
Et que ce n'est pas chose étrange,
S'il en est tant que le loup mange.
Je dis le loup, car tous les loups
Ne sont pas de la même sorte :
Il en est d'une humeur accorte,
Sans bruit, sans fiel et sans courroux,
Qui privés, complaisants et doux,
Suivent les jeunes demoiselles
Jusque dans les maisons, jusque dans les ruelles ;
Mais hélas ! qui ne sait que ces loups doucereux,
De tous les loups sont les plus dangereux.
– Charles Perrault. "Moralité" Les contes de ma mère l'Oye. 1697

SCÈNE 6
<u>Make-over</u>
(TOUS)

Murat : Elle pleure.

Coulange : Ce sont des larmes de joie ?

Bernard : Ou de colère ?

Laforce : Les larmes sont toujours salées.

Aulnoy : Et toujours faciles à sécher.

Laforce : Merci... je me sens plus légère et un peu mouillée.

Murat : Tu sais ce qui pourrait aider ?

Laforce : Quoi ?

Murat : MOI

Aulnoy : Des vêtements !

Murat : Tu auras l'air fine et raffinée.

Aulnoy : Si belle que tout le monde détourne le regard de toi, de peur de s'aveugler.

Coulange : Le corset pas trop serré, elle ne doit pas perdre sa douceur.

Bernard : Des chaussures hautes pour que tu puisses regarder les vers de terre en marchant dans les couloirs de ce château.

Murat : Voici un éventail pour pouvoir parler librement.

Aulnoy : Et du rouge à lèvres pour marquer le monde avec tes lèvres.

Coulange : Voici une écharpe pour que tu n'aies jamais froid.

Bernard : Les épaules en arrière, le menton haut, et cours !

Scudéry *(à elle-même)*: Il ne manque plus que les gants

ACTE V
Les Fées

<u>Le mensonge de Coulange</u>

(Dans cette scène, la jupe de Scudéry est prise dans ses sous-vêtements et son rouge à lèvres est un peu barbouillé)

(SCUDÉRY, COULANGE)

Scudéry : Mme de Coulange ! Heureusement que je vous rencontre, jai rendez-vous tout de suite avec l'académie française pour proposer un essai pour le canon.

Coulange : Vous me dites cela comme si je n'attendais pas ce jour depuis des semaines.

Scudéry : Je vais vous mâcher les oreilles, je suis désolé.

Coulange : Vous gravissez une grande montagne, madame, s'inquiéter de la bonne paire de chaussures est naturel et nécessaire.

Scudéry : Je vous aime, madame. alors vous me pardonnerez si je me renseigne encore une Fois pour être sûr de votre opinion ?

Coulange : Toujours, ma chère.

Scudéry : Les chaussures sont-elles ... suffisantes ?

Coulange : Oui, madame. Tant son apparence que ses paroles impressionneront et influenceront le royaume. Combien de temps avant que l'académie n'arrive ?

Scudéry : Une demi-heure.

Collectivité : Alors allez-y, allez-y, accueillez ces messieurs. Je vous attends dehors.

SCÈNE 2

<u>La peur de Coulange</u>
(AULNOY, COULANGE)

Aulnoy : Mme de Coulange !

Coulange : Ma belle ! Vous rayonnez !

Aulnoy : Comment ne pas le faire ? Un mariage à la cour du roi soleil !

Coulange : Et votre première nuit ?

Aulnoy : Maintenant vous parlez comme Mme Murat... un grand succès !

Coulange : Ah ?

Aulnoy : Et bien un premier pas dans la bonne direction mais je dois vous remercier, vous et Mme Murat. Votre honnêteté m'a certes d'abord blessée, déstabilisée, mais grâce à vous, je suis maintenant une épouse sûre d'elle.

Coulange : Déjà ?

Aulnoy : Je comprends que mon mari n'a rien à me commander et que je peux quand même le servir, tout comme je n'ai rien à lui commander et qu'il peut quand même me servir. Un cœur est un cœur et l'amour existe en tous, qu'ils soient dans le corps d'une femme ou dans le corps d'un homme. Avant tout, nous sommes des êtres humains et nous méritons la confiance.

Coulange : Je suis si heureuse d'entendre cela.

Aulnoy : Vous venez plus tard au salon ?

Coulange : Quand est-ce que j'ai déjà manqué une séance ? J'attends juste Scudéry qui va présenter son nouvel essai à l'académie française dans quelques minutes.

Aulnoy : Oh, pas son essai sur la défense des jupes longues, j'espère ?

Coulange : Justement celui-là.

Aulnoy : Oh !

Coulange : Vous ne le trouvez pas bon ?

Aulnoy : Et vous ?

Coulange : Si vous me demandez comme ça...

Aulnoy : Mme de Coulange...

Coulange : Allez-y, allez au salon et dites que nous allons être un peu en retard !

Aulnoy : bien...

SCÈNE 3

<u>La douceur de Coulange</u>
(COULANGE, SCUDÉRY)

Coulange : Mme Scudéry ?

Scudéry : Ce n'est pas encore fait, l'académie n'est pas encore là.

Coulange : Je sais ! je, euh, je dois les affronter avec honnêteté.

Scudéry : Comme vous le faites toujours, j'espère ?

Coulange : La vérité est ... je vous ai menti.

Scudéry : Vous !

Coulange *(tout en arrangeant la tenue de Scudéry)* : vous savez que vous êtes un grand auteur et que nous vous adorons tous. Vos mots ne font pas seulement vibrer notre stand, mais tous les stands de la France. Cependant, eh bien... j'ai peur de vous offenser.

Scudéry : Essayez.

Coulange : Votre nouvel essai est unilatéral, il se limite uniquement aux dames de la cour, parle de la cohésion de celles qui peuvent s'offrir des éventails et de la soie. Il oublie les femmes qui travaillent des heures par jour, les femmes qui doivent s'agenouiller, courir, se baisser. Il oublie les femmes qui n'ont pas de nourrices pour leurs bébés et il oublie celles qui devraient laisser traîner leurs ourlets dans la saumure du choléra et de la tuberculose, si les jupes longues étaient vraiment une obligation.

Scudéry : Oh !

Coulange : je suis désolé. Je ne souhaite pas vous offenser...

Scudéry : Laissez-moi seul. Je dois réfléchir.

SCÈNE 4

<u>Au salon</u>

(TOUS sauf SCUDÉRY)

Laforce : Tu lui as dit tout ça ?

Coulange : J'ai le visage engourdi. J'ai tellement peur de l'avoir offensée...

Perrault : Mme Scudéry est une grande femme. Elle sait se débrouiller. En fait, j'avais apporté aujourd'hui en son honneur un conte appelé 'peau d'âne', dans lequel la beauté des jupes sauve la protagoniste, mais peut-être devrais-je plutôt ... lire ce conte ici.

Laforce : Les fées ?

Bernard : Je m'en souviens. Mme Scudéry a elle-même écrit le conte il y a quelques années.

Perrault : Je l'ai un peu affiné...

Murat : j'espère qu'il n'est pas gâché...

Perrault : Mais je pense qu'il est toujours dans votre esprit.

SCÈNE 5

<u>Conte: Les Fées</u>

(TOUS)

Perrault : Voilà les fées.

Laforce : Et la moralité ?

Autre moralité

Les diamants et les pistoles,

Peuvent beaucoup sur les esprits ;
Cependant les douces paroles
Ont encor plus de force et sont d'un plus grand prix.
— Charles Perrault. "Moralité" Les contes de ma mère l'Oye. 1697

Scudéry : J'aurais pas dit ça comme ça !

Coulange : Mme Scudéry !

Scudéry : Laissez-moi vous dire la moralité. Après tout, Charles aime tant prendre note de mes mots.

Moralité

L'honnêteté coûte des soins,

Et veut un peu de complaisance,

Mais tôt ou tard elle a sa récompense,

Et souvent dans le temps qu'on y pense le moins.
— Charles Perrault. "Moralité" Les contes de ma mère l'Oye. 1697

SCÈNE 6

<u>L'honnêteté de Coulange</u>

(TOUS)

Aulnoy : Se ridiculiser !

Scudéry : Vous devriez ressentir la même chose que moi pour comprendre à quel point notre vision du monde est unilatérale. Nos règles s'inscrivent dans la splendeur de la cour et nous en sommes fiers. Trop fiers. Nous oublions que nos privilèges ne sont pas adaptés à toutes les femmes de France.

Coulange : Je ne vous ai pas insultée ?

Scudéry : Je me suis insultée en oubliant de penser plus loin que mon propre nez. Ils m'ont juste mis des lunettes pour que je puisse voir plus loin. Je dois les remercier.

Bernard : L'académie a aimé votre exposé ?

Scudéry : C'est important ? Ils ne sont pas si géniaux que ça.

Aulnoy : Cela signifie-t-il que nous pouvons faire la fête ?

Scudéry : Je le demande !

Murat : Je vais mettre du cognac dans notre thé !

Tous : Vivat !

SCÈNE 7

<u>Le dénoûment pour Laforce</u>

(LAFORCE, PERRAULT)

Laforce : Monsieur Perrault.

Perrault : Charles, s'il vous plaît.

Laforce : Je voudrais vous remercier. Non seulement vous avez écrit de beaux contes, mais vous nous avez aussi donné une raison de nous réunir. jJai maintenant des amies pour la première fois de ma vie.

Perrault : C'est ce qui m'est arrivé à l'époque, l'art m'a sauvé.

Laforce : Je suis si heureuse. J'aimerais que vous puissiez continuer à écrire.

Perrault : Un jour, mon encre sera épuisée mais les contes existeront toujours, réécrits, réimprimés, retrouvés.... Les contes appartiennent au monde puisqu'ils sont issus du monde mais dites-moi, mademoiselle, comment se termine votre conte ?

Laforce : Le mien ?

Perrault : Celui de la petite Cendrillon ? Le prince vous trouvera-t-il ?

Laforce : Oh, peut-être, mais ce n'est pas important. Même sans lui, elle deviendra une belle princesse, qui a travaillé dur et honnêtement toute sa vie en attendant le bonheur. Elle sera aimée de tous, grâce à son honnêteté, et elle sera aussi puissante dans ses pantoufles de verre que si c'étaient des bottes rouges.

Perrault : Et les loups ?

Laforce : Ils deviendront des chiens.

Perrault : Le sont-ils... ?

Laforce : Je ne sais pas encore qui je suis mais je sais qu'un jour, j'appartiendrai quelque part. parmi les femmes, les amies, les héroïnes.

Perrault : Je n'en doute pas.

(Scudéry rend son gant à Laforce et ils se joignent à la fête. Perrault reste en arrière et échange ses piles de papiers contre un livre imprimé de ses contes.)

SCÈNE 8
<u>Moralité</u>

Moralité
La beauté pour le sexe est un rare trésor ;
De l'admirer jamais on ne se lasse ;
Mais ce qu'on nomme bonne grâce
Est sans prix et vaut mieux encor.
C'est ce qu'à Cendrillon fit avoir sa marraine,
En la dressant, en l'instruisant,
Tant et si bien qu'elle en fit une reine.
(Car ainsi sur ce conte on va moralisant.)
Belles, ce don vaut mieux que d'être bien coiffées ;
Pour engager un coeur, pour en venir à bout,
La bonne grâce est le vrai don des fées ;
Sans elle on ne peut rien, avec elle on peut tout.
– Charles Perrault. "Moralité" Les contes de ma mère l'Oye. 1697

SCÈNE 9
<u>La fin</u>
(TOUTES)
Scudéry : Scudéry.
Coulage : Coulange.
Bernard : Bernard.

Aulnoy : Aulnoy.
Murat : Murat.
Laforce : Laforce !
Scudéry : L'art.
Coulange : Le plaisir.
Bernard : La sagesse.
Aulnoy : La beauté.
Murat : L'amitié.
Laforce : Liberté !

36

Tales and Morality

Perraults' Ladies

Dramatis Personae

Cast for the Premiere: June 2024
    Under the Direction of: Jey Withane

Mme Scudéry ... TERESA
    Mme Coulange ... MARIIA
    Mme Bernard ... EMILY
    Mlle Aulnoy ... LAURA
    Mme Murat ... MAJA
    Mlle LaForce ... PHILINE
    M Perrault ... PHILLIP
    The Evil ... JEY

ACT I
Sleeping Beauty

SCENE 1

<u>Introduction of the Ladies</u>

(the women say their names, always with a new pose. They are haute couture-like stills, very stylistic and dramatic. Perrault is always on stage. If not in the salon, then he stands at his desk, observes, and takes notes).

(ALL)

Perrault: This is Madame Scudéry. Madame Coulange. Madame Bernard. Mademoiselle Aulnoy. Madame Murat.

(the women now turn around and introduce themselves while Charles moves to the sidelines)

Scudéry: Scudéry.

Coulange: Coulange.

Bernard: Bernard.

Aulnoy: Aulnoy.

Murat: Murat.

Scudéry: Art.

Coulange: Fun.

Bernard: Wisdom.

Aulnoy: Beauty.

Murat: Friendship.

Scudéry: Scudéry.

Coulange: Coulange.

Bernard: Bernard.

Aulnoy: Aulnoy.

Murat: Murat.

Scudéry: Life in Versailles is complicated

Coulange: but not necessarily interesting.

Bernard: We warm ourselves in the rays of our king

Aulnoy: and ignore the darker side of our happiness.

Murat: The country may be sinking into poverty

Scudéry: but our court shines

Coulange: rises

Bernard, Aulnoy & Murat: thanks to our

Scudéry: Art.

Coulange: Fun.

Bernard: Wisdom.

Aulnoy: Beauty.

Murat: Friendship.

Coulange: A woman has nothing to say,

Scudéry: that's why we write.

Bernard: A woman doesn't understand big speeches

Scudéry: that's why we read.

Aulnoy: Our happiness is found in the wedding ring

Murat: and in the silk from Lyon.

Scudéry: Our fans are big, our skirts are wide, our hair is high,

Coulange: you can't see our lips move, our feet tap impatiently

Bernard: and our foreheads seethe with ideas.

Aulnoy & Murat: And that's how it should be.

Aulnoy: Murat knows all our secrets, you don't want her as an enemy.

Murat: Aulnoy will marry soon, when one speaks of romance, one thinks of her.

Coulange: Bernard is a widow, her power and freedom at court should not be underestimated.

Bernard: Coulange stands for joy and humour, you can always rely on her.

All: And Scudéry?

Scudéry: Scudéry knows her way around literature. Her salons are legendary, like her stories. If they didn't exist...

All: we wouldn't be a "we".

Scudéry: Scudéry.

Coulange: Coulange.

Bernard: Bernard.

Aulnoy: Aulnoy.

Murat: Murat.

Murat: The... who?

Aulnoy: New here?

Bernard: In our lives?

Coulange: What's her name?

Laforce: LaForce.

Scudéry: My child?

Laforce: Yes?

Scudéry: Come with me. I'll show you Versailles.

(Laforce and Scudéry leave)

SCENE 2

<u>The New One</u>

(COULANGE, AULNOY, BERNARD, MURAT)

Murat: Have you heard? She's pregnant.

Aulnoy: I heard she spat on the Queen of Spain at the opera in Paris.

Coulange: Nonsense. I bet she killed someone.

Bernard: It's always the innocent-looking ones, the ones who wear rags under their robes, the ones who hold sorrow in their eyes... who hide a dark secret...

SCENE 3

<u>In the Salon</u>

(The women settle as if it were their very own living room. Laforce remains a bit apart, shy.)

(ALL)

Laforce: who are we waiting for?

Scudéry: Charles.

Bernard: Perrault.

Coulange: he publishes our fairy tales.

Laforce: yours?

scudery: well, those of the world.

Bernard: we tell them to him and he writes them down.

Laforce: is he that good?

Murat: he's very ... malleable.

Bernard: we like him.

Coulange: and sometimes he even likes us back.

Scudéry: but don't get us wrong, dear, we're all ladies of literature here. We all write. We all read. We all know what's worth writing and reading.

Bernard: it's just easier for men to publish.

Murat: that's why we make it a little harder for him.

Perrault: who are you making it harder for?

Coulange: Charles!

Perrault: hopefully not me, you know that my mission is to inspire you.

Scudéry: good day, dearest.

Perrault: good day, my dear. I have brought you la belle au/oh-who is that?

Aulnoy: a new one. Her father sent her to us in Versailles. We've been puzzling over her all morning.

Perrault. Well, I hope your puzzling doesn't stimulate your imagination too much.

Murat: Naaahhh. After all, we don't like wild, made-up lies.

Aulnoy: and while we're on the topic. Monsieur Perrault? Your fairy tale today?

———— ⟋∿⟍ ————

SCENE 4

<u>Fairytale: Sleeping Beauty</u>

(the fairy tales are read by Perrault in abridged form, as they are in the original. Meanwhile, the women change into simple costumes and pantomime the fairy tales).

(ALL)

Aulnoy: bravo!

Coulange: beautiful!

Murat: beautiful enough!

Bernard: (snores)

Perrault: Madame Bernard doesn't seem to have liked it?

Bernard: oh, sorry, do I seem uninterested? I just thought my snoring might attract a prince.

Coulange: you're not satisfied?

Bernard: my dear, I haven't been satisfied since my husband died 10 years ago.

Murat: and whose fault is that?

Bernard: tsk! Monsieur Perrault, are you simple? What woman would want to sleep for a hundred years just to marry a handsome prince?

Murat: well, if there were handsome princes...

Aulnoy: as beautiful and heroic and good as he is, is he ever worth waiting so long for?

Murat: we all know you can't be patient yourself, Mademoiselle Aulnoy. (she's getting married in a fortnight to a man she's known for a month)

Bernard: But Mesdames have been waiting how long for her wedding?

Murat: 2 years.

Coulange: 1 year.

Scudéry: a long time...

Bernard: and don't you regret it? I also waited two years to get married. We only had eight years together. If I had known, I wouldn't have waited a second.

Murat: he was also-

Bernard: a courtesan would turn pale if she knew what he could achieve.

Aulnoy: ugh, two weeks to go.

Scudéry: so what? You didn't like the fairy tale because you don't know how to satisfy yourselves? Simple-minded hairbrushes, as if that's the only thing in life. The only thing we could achieve.

Coulange: could, but can? Tell us, madame Bernard, in how many societies were you welcome before Madame Scudéry invited you here?

Bernard: exactly. A husband opens up many possibilities.

Scudéry: power.

Murat: politics.

Bernard: influence.

Laforce: freedom...

Bernard: well then.

Aulnoy: and what about love?

All: ha!

(all except Scudéry and Laforce leave)

SCENE 5

<u>Alone</u>
<u>*(SCUDÉRY, LAFORCE, PERRAULT)*</u>
Scudéry: madame Laforce?
Laforce: mademoiselle, please.
Scudéry: you didn't like the fairy tale?
Laforce: yes, very much. I too would have liked-...
Bernard: are you coming?
Scudéry: one moment. Would have liked...?
Laforce: if I were beautiful, I would have been careful not to get too close to the needle...

SCENE 6

<u>The Moral</u>
(the moral is always read by Perrault as it's written in the original – humble translation by the author.)

Moral
Wait a while to get a husband,
Rich, well-made, gallant and gentle,
The thing is natural enough;
But to wait a hundred years, and always asleep,
No female can be found
Who has ever slept so peacefully?
The fable still seems to want us to hear,
Often the pleasant knots of the hymen,
Though delayed, are no less happy,
And that nothing is lost by waiting.

CONTES ET MORALITÉ

But the Sex, with such ardour,
Aspires to conjugal faith,
That I have neither the strength nor the heart
To preach this moral to them.

ACT II
Blue Beard

SCENE 1

<u>Murat and Coulange worry</u>

(Aulnoy is off-stage in a cupboard. Murat and Coulange are waiting by the door.)

(MURAT, COULANGE, AULNOY (VOICE))

Murat: How much longer?

Aulnoy: 1 and a half weeks!

Murat: I meant in there!

Coulange: leave her alone. She's excited.

Murat: she tries on her wedding dress every day to see if it still fits her!

Coulange: will you blame her?

Murat: if I didn't love her so much, I'd beat her up. We're going to be late.

Aulnoy: 1 and a half weeks!

Murat: half an hour!

Coulange: Scudéry will wait for us. A salon has never started without us.

Murat: sure, but that was when Laforce wasn't with us yet.

Coulange: are you jealous?

Murat: never. I just don't like that girl. She's hiding something. Have you seen how she avoids everyone? The Duc O., the baron m. even the king!

Coulange: and that's why we're glad that Scudéry is looking after her.

Murat: I'm just saying. She'll never get married like that.

Aulnoy: WHAT?!

Coulange: we're talking about Laforce!

Aulnoy: oh. Okay.

Coulange: maybe she doesn't want to get married. Would you blame her?

Murat: ...no.

SCENE 2

<u>Aulnoy's Dream</u>

(Aulnoy comes bursting out, beaming with joy)
(MURAT, COULANGE, AULNOY, BERNARD)

Aulnoy: getting married!

Murat: looks at her, she has managed to take off her wedding dress.

Aulnoy: getting married!

Coulange: look, she's still wearing it in her mind.

Aulnoy: married! Married! Married! Oh, I will have the best marriage at court! The king himself could not seduce me! My husband will love me, hold me, carry me to bed! he will write me poems and sing to me, he will never raise his eyes to another! I will be his pillow princess, his aphrodite of happiness! And every time he kisses me, it will tear the ground from under his feet.

Coulange: throwing herself fully into marriage.

Murat: well. You DO "fall" in love.

Coulange: my dear, you know how much I care about you, so I have to ask you: are you gushing out of optimism or naivety?

Aulnoy: what do you mean?

Coulange: well, surely you realise that your fiancé isn't really a fairytale prince, right?

Aulnoy: Huh?

Coulange: well, my darling, surely you know that marriage is a lot of work. That it requires faithfulness, sincerity, and constant patience.

Aulnoy: I don't like your tone of voice.

Murat: Mademoiselle Aulnoy, what if he's not faithful to you?

Coulange: Mademoiselle Aulnoy, what if he's hiding dark secrets from you?

Aulnoy: Mademoiselle Aulnoy, what if he ... isn't perfect? No, that can't be. Leave me alone, you're just jealous that your husband isn't good enough for your beauty and cleverness. But mine? Mine, that's it. Or do you think...?

Murat: Mademoiselle Aulnoy, marriage is a test. Even men have a bad day sometimes. And don't we love them for their loudness? Their toughness? Their heroism? But what if this loud, tough heroism turns against us one day? Will you stay calm, patient, and loviWillwill you nod and kneel and still pull his socks off?

Coulange: Mademoiselle Aulnoy, what if it's not him who fails the test?

Aulnoy: Mademoiselle Aulnoy ... me?

(Bernard peeks in)

Bernard: are you coming now? We're all waiting.

Coulange: we're coming!

Aulnoy: go... go ahead without me.

— ❦ —

SCENE 3

<u>In the Salon</u>

(*ALL*)

Scudéry: ah, mesdames, how nice that you've made it. We're already ready.

Coulange: what fairy tale are we listening to today, Monsieur Perrault? And please tell me that the colour of that beard over there has something to do with it and wasn't an accident.

Murat: an accident? That could never happen to Charles!

SCENE 4

<u>Fairytale: Blue Beard</u>

(*at its end, everyone is shocked*)

(*ALL*)

Scudéry: so... what's the fairy tale about?

Perrault: that women are often too curious for their own good.-THAT WE ARE ALL OFTEN too curious and curiosity is dangerous. Very dangerous. and we. We don't like being in danger.

(silence)

Perrault: that bad?

Murat: no. good.

Scudéry: pardon?

Murat: now look, ladies. We all have secrets, don't we?

Coulange: I'm not hiding anything!

Murat: not even that you once dropped your glove so that the young Duc O. could pick it up for you? You, Bernard, haven't you often met secretly with the king's mistress to discuss your ideas with her? And you, Scudéry, didn't you just recently tell the ambassador of Spain that you had already finished writing a story and then had to write it in the carriage for reading so that no one but you could read your **handwriting**? Yes, I know your secrets. Yes, we have secrets. So why shouldn't men have any?

Laforce: but skeletons in the closet?

Murat: shouldn't the point be that it's none of our business?

Bernard: like our secrets are none of YOUR business?

Murat: hey, I'm not saying I would have the fairy tale. I'm just saying that we have to trust our husbands when they tell us not to question them!

Coulange: maybe you're right... is that not why we are getting married? So that we can be kept by them? Protected and provided for? If our husbands demand something of us, shouldn't we give in to their dictates?

Aulnoy (coming in at last): nonsense!

Scudéry: Mademoiselle Aulnoy!

Aulnoy: Monsieur Perrault, you've forgotten something important in your fairy tale: yes, knowing too much, wanting too much, questioning too much can be dangerous. But look carefully: Madame Coulange dropped her glove so that she could get the latest books from Paris from the Duc O. Madame Bernard met with the king's mistress to incorporate her ideas into his politics. and Scudéry didn't go to just any reading! She read to the queen of Spain, and her text was not only full of poetry but also wisdom! She impressed and influenced the whole of Europe with it. Without her lie, the ambassador of Spain would never have invited her.

Murat: your point?

Aulnoy: my point: we may enter into marriage with optimism and naivety, but we conduct it with thoughtfulness and loving manipulation! Men have their secrets, just like women. We look each other in the eye at the same level because we know what's behind it. If my husband ever tries to avoid my gaze, he'll learn how powerful my hand is.

SCENE 4

<u>Whispers of Admiration</u>
(SCUDÉRY, LAFORCE, PERRAULT)
Scudéry: did she intimidate you?
Laforce: no. impressed. If only I were like her...

SCENE 5

<u>The other Moral</u>
(SCUDÉRY, LAFORCE, PERRAULT)
Another moral
If you have a sensible mind,
And now the world's grimoire,
You soon see that this story
Is a tale of bygone days;
There is no longer such a terrible husband,
Nor one who demands the impossible,
Even if he is spiteful and jealous,
By his wife's side he is seen to spin softly;
And of whatever colour his beard may be,
It is not difficult to see which of the two is truly the master.

ACT III

Puss in Boots

SCENE 1

<u>The Law of Scudéry and Bernard</u>

(Scudéry and Bernard, already in the salon, are happy about something)

(SCUDÉRY, BERNARD, LAFORCE, MURAT)

Laforce: such joy?

Bernard: the king's mistress has convinced him! Soon I'll be on the royal council!

Scudéry: and all it took was to make the mistress look up from her love affair with the Duc O.

Laforce: that's impressive. Where I come from, no one has ever managed that.

Scudéry: there's no king there who couldn't be more self-centered, stubborn, and warlike.

Laforce: no, but there are plenty of others who are just like him...

Bernard: and because he's so self-centered, I made myself like him. I put on trousers, boots, and a hat, and spoke like a man. And because he's so stubborn, I never let up. And because he's so warlike, I spoke louder than everyone else.

Laforce: the goal?

Bernard: schools for all. Fewer taxes for the farmers, or better distribution, away from Versailles and towards better cemeteries in the city. and to maintain the splendour of France.

Scudéry: by that, she means-

Bernard: that the country is big enough. Why all these wars for barren fields?

Laforce: and in the king's cabinet you can achieve all this?

Bernard: and much more. All these years of submission. I loved my husband, yes, but it was only after his death that I experienced freedom. Conversations late into the night, clever minds listening to me, philosophers who knew my name. Nightly I met with the king's mistresses, daily I smiled at him to give him a face to my name. And now, finally, after ten years, the hard work has paid off.

Murat (who came in): ah, mesdames. So you haven't heard? The Duc O. has just been promoted to the cabinet by the king.

Laforce: the Duc O.

Scudéry: the mistress's lover... quickly, Murat, didn't the king know about Madame Bernard's endeavours?

Murat: he said he didn't understand her. She had lost her femininity and so he simply wasn't interested in her beauty. And without beauty, without youth, without skirts, he saw no reason to listen to a woman.

Scudéry: but how could he! Was the king not aware of the insult?

Murat: he seemed proud of it.

Bernard: let's begin the salon. Fairy tales are - fairy tales are still always -... fairy tales...

SCENE 2

<u>Fairytale: Puss in Boots</u>
   (ALL)

Coulange: I liked that one.

Aulnoy: clever, that cat.

Scudéry: but tell me, Monsieur Perrault, who did you have in mind when you wrote puss in boots?

Perrault: who did I have in mind?

Scudéry: well, a cat who is cleverer than all the others, who dress like high society and thus, together with his cunning, makes even the greatest magicians dance to his tune...

Perrault: I don't understand...

Scudéry: well? Who was your inspiration?

Murat: don't be so slow!

Perrault: Madame Bernard?

Coulange: I'm confused. Why the annoyance?

Murat: dressed like a man, suddenly brilliant in his way...

Laforce: meanwhile being forgotten and pushed aside herself...

Perrault: oh. that wasn't my intention.

Bernard: mesdames, perhaps we're reading too much into this story. Charles, go and have a cup of tea, your voice must be tired. Mesdames, thank you for your concern, but I am not angry with the world. The king has insulted me, just as he insulted his mother when he was crowned in infancy and deprived her of her voice. But that's the world. That's the way it is.

Scudéry: and Perrault will publish.

Coulange: voilà the moral.

Murat: let's also have a cup of tea for a moment. The air in the parlour feels too thick right now.

SCENE 3

Force-less

(PERRAULT, LAFORCE)

Perrault *(coming back with a cup of tea, confused)*: all gone?

Laforce: or invisible.

Perrault: invisible?

Laforce: history will forget us. It will be as if we had never been here.

Perrault: but you were.

Laforce: yes. invisible.

Perrault: and yet that made all the difference. *(Laforce is distracted)* my child?

Laforce: do you know the story of Cinderella?

Perrault: no.

— ❧ —

SCENE 4

Fairytale: Cinderella

(PERRAULT, LAFORCE, SCUDÉRY)

Perrault: that's where it ends?

Laforce: I don't know the ending. Not yet.

Scudéry: so here's the moral:

The Moral

Moral

It is certainly a great advantage

to have spirit and courage,

to be of good breeding and have some good sense,

along with some similar talents,

as what one receives from heaven, one shares with others;

But there is something you must know,

for your advancement, you'll have it all in vain,

if you do not also have – to truly make use of it all –

godfathers or godmothers.

(as Scudéry reads the moral, she flirts with Laforce. Startled by Scudéry's proximity, Laforce then runs away and loses her glove, which Scudéry picks up)

SCENE 5

<u>Return</u>

(they enter, giggling)
(ALL)

Scudéry: so you are no longer angry?

Bernard: oh, I'm angry. But my anger is icy, not hot. It's not loud but whispered. It's not exuberant but precise. The king may say I've lost my femininity, but even in culottes I still know who I am. Our wars are not fought on battlefields, mesdames, ours are fought behind a raised hand in front of the mouth and poison on the tongue. The king may not be aware of this, so let him think in peace. I will continue to whisper my ideas to his mistress until I see them signed by him on state papers. I don't need culottes for that. No boots. No hiding my corset. We don't need that. We already rule Versailles, look at us. Isn't art the capture of society's current ideas and the sparking of future ideas? We are not only at the pulse of time, we are the heart that brings the world to life. Scudéry, keep writing your stories, Aulnoy, keep looking your fiancé in the eye, Coulange, keep believing in the strength of your compatriots. And who knows, maybe the king will soon be wearing skirts to be as royally powerful as we are.

Scudéry: yes. and that we don't forget all this either.

Bernard: Monsieur Perrault? There you have your moral!

ACT IV
Little Red Riding Hood

SCENE 1

<u>Reintroduction</u>
(ALL)
Scudéry: Scudéry.
Coulange: Coulange.
Bernard: Bernard.
Aulnoy: Aulnoy.
Murat: Murat.
Scudéry: Art.
Coulange: Fun.
Bernard: Wisdom.
Aulnoy: Beauty.
Murat: Friendship.

Aulnoy: Murat knows all our secrets, you don't want her as an enemy.

Murat: Aulnoy is getting married in a week, when you talk about romance, you think of her.

Coulange: Bernard is a widow, her power and freedom at court should not be underestimated, the king will learn to fear her!

Bernard: Coulange stands for joy and humour, you can always rely on her.

Laforce: Scudéry is beautiful, inside and out. There is no one who writes as cleverly as she does. What is discussed in her salons is law the next day. Art reflects the world, art influences the world. Scudéry is not only in tune with the times, she is the heart. The heart. My heart?

Scudéry: and you, Laforce?

Aulnoy: Laforce doesn't like men.

Murat: they say she once had too many.

Coulange: she always seems lonely and lost, you want to protect her.

Bernard: fight for her.

Scudéry: and you, Laforce?

Laforce: a sting in the tail, a woman who resisted her husband, and boots I'd never dare to wear...

All: (yawn)

SCENE 2

<u>Judgement I</u>

(MURAT, LAFORCE, COULANGE)

Murat: come on, sister, what's spoiling your mood? Because if you carry on like this, our mood will soon be spoilt too.

Laforce: I don't want that.

Murat: then smile. Ah. A nice smile. Your teeth must have seduced a lot of men. Ah! Am I right? What, are you really pregnant?

Laforce: no!

Murat: ah, I know! You wanted to elope!

Laforce: never! I-

Murat: or did you turn down a proposal so that now nobody wants you anymore? Did you want too much? Do you think you're a princess when you don't even understand the fashion of Versailles?

Coulange: Madame Murat! Enough! Leave the girl alone. Can't you see that she carries a heavy burden in her heart? Go, go to the salon and leave us alone.

SCENE 3

<u>Judgement II</u>
(COULANGE, LAFORCE)

Coulange: my dear, I must apologise. We're not all like that. Your secret is yours, nobody needs to know.

Laforce: Thank you.

Coulange: but know that if you want to tell us, then dare to do so. It's easier to carry a burden together.

Laforce: Madame Coulange. Were you ever touched before your marriage?

Coulange: I would have been careful! After all, that's what marriage is for. To defile your innocence beforehand-

Laforce: of course.

Coulange: oh, girl, beware of your desires. We are forgiven many things, but never to want more than we are entitled to.

Laforce: of course.

Coulange: surely you didn't-

Laforce: no. I have never wanted.

Coulange: then all's well. Even Scudéry would not be well disposed towards this offence. Now come. The salon begins.

SCENE 4

<u>Tale Without Moral</u>
(ALL)

Aulnoy: look, Madame Coulange, at what Monsieur Perrault has brought us today! Red, like love!

Murat: like lust!

Bernard: oh, girl. Like war!

Coulange: synonyms.

Scudéry: sit down, calm down, let's begin.

Fairytale: Little Red Riding Hood
   (Silence)

Scudéry: and the moral?

Laforce: I already know. Little Red Riding Hood shouldn't have gone out alone. She shouldn't have worn red. She shouldn't have trusted the wolf. She shouldn't have trusted her mother, her grandmother, the forest, she- her fault. It's all her fault. She should have slept for a hundred years, she should never have tried to defy the man, she should have worn boots and a hat, she should have known, she should have- she should have- she-

Scudéry: but, Mademoiselle Laforce!

Murat: what are you saying?

Aulnoy: her fault?! Don't make me laugh.

Coulange: it was everyone's fault, everyone's fault, but not hers!

Bernard: the mother, the grandmother, the forest, they should have known better. But the fault? The fault lies only with the wolf!

Laforce: but...

Scudéry: no, Mademoiselle Laforce! Whatever you thought, based on what we might have said before, you were wrong. We take back every word that had the appearance of an admission of guilt. The Little Red is innocent, full stop.

Coulange: I stand completely with the Little Red Riding Hood.

Murat: the Little Red should never have to hide with such thoughts.

Aulnoy: I say: love lust and war, but according to us!

Laforce: mesdames...

Scudéry: Charles! Your moral!

SCENE 5

<u>The Moral</u>
    (ALL)

Moral
All we see here are young children,
Especially young girls
Beautiful, well-built, and kind,
Do very ill to listen to any kind of people,
And that it is not a strange thing,
If there are so many that the wolf eats.
I say wolf, for all wolves
Are not of the same kind:
Some are in a good mood,
Without noise, without gall, and without wrath,
Who are private, indulgent, and gentle,
Follow young ladies
Even in the houses, even in the alleys;
But alas! who knows that these gentle wolves,
Are the most dangerous of all wolves.

SCENE 6

<u>Make-over</u>

(ALL)

Murat: she's crying.

Coulange: are those tears of joy?

Bernard: or of anger?

Laforce: tears are always salty.

Aulnoy: and always easy to dry.

Laforce: thank you... I feel lighter. And a little wet.

Murat: do you know what might help?

Laforce: what?

Murat: ME!

Aulnoy: clothes!

Murat: you'll look fine and sophisticated

Aulnoy: so beautiful that everyone will avert their eyes from you for fear of being blinded

Coulange: the corset should not be too tight, she should not lose her softness.

Bernard: high shoes, so that you can look down on worms as you march through the corridors of this castle.

Murat: here's a fan so you can speak freely.

Aulnoy: and lipstick to mark the world with your lips.

Coulange: here's a scarf so you never get cold

Bernard: shoulders back, chin up, and run!

Scudéry *(to herself)*: only the gloves are still missing...

ACT V
The Fairies

SCENE 1

<u>Coulange's Lie</u>

(in this scene, Scudéry's skirt is caught in her underwear and her lipstick is a little smudged)

(SCUDÉRY, COULANGE)

Scudéry: Madame de Coulange! Good to see you. I'm about to meet with the académie francaise to propose an essay for the canon.

Coulange: you're telling me this as if I haven't been waiting for this day for weeks.

Scudéry: I'm chewing your ears off, I'm sorry.

Coulange: you're climbing a big mountain, madame, worrying about the right footwear is natural and necessary.

Scudéry: I love you, madame. So will you forgive me if I inquire about your opinion again to make sure?

Coulange: always, my dear.

Scudéry: the footwear. Is it ... sufficient?

Coulange: yes, madame. Both your style and your content will impress and influence the kingdom. How long before the académie arrives?

Scudéry: half an hour.

Coulange: then go, go, welcome the gentlemen. I'll wait for you out here.

SCENE 2

<u>Coulange's Fear</u>
(AULNOY, COULANGE)
Aulnoy: Madame de Coulange!
Coulange: my beauty! You are radiant!
Aulnoy: how could I not? A wedding at the court of the sun king!
Coulange: and your first night?
Aulnoy: now you sound like Madame Murat... a complete success!
Coulange: ah?
Aulnoy: well. A first step in the right direction. But I have to thank you and Madame Murat. Your honesty may have hurt me at first and made me insecure, but thanks to you I am now a confident wife.

Coulange: already?

Aulnoy: I understand that my husband has nothing to command me and that I can still serve him. just as I have nothing to command him and he can still serve me. A heart is a heart and love exists in everyone, whether they are in the body of a woman or in the body of a man. Above all, we are human beings and we deserve to be trusted.

Coulange: I am so happy to hear that.

Aulnoy: are you coming to the salon later?

Coulange: when have I ever missed a session? I'm just waiting for Scudéry, who will be presenting her new essay to the académie francaise in a few minutes.

Aulnoy: oh. not her essay in defence of long skirts, I hope?

Coulange: just that one.

Aulnoy: oh.

Coulange: you don't like it?

Aulnoy: and you do?

Coulange: if you ask me like that...

Aulnoy: Madame de Coulange...

Coulange: go. Go to the salon and say we'll be a little late.

Aulnoy: all right...

SCENE 3

<u>Coulange's Softness</u>

(SCUDÉRY, COULANGE)

Coulange: Madame Scudéry?

Scudéry: it's not done yet, the académie is not here yet.

Coulange: I know! I, uh, I have to face you with honesty.

Scudéry: the way you always do, I hope?

Coulange: the truth is ... I lied to you.

Scudéry: you!

Coulange (as she arranges Scudéry's outfit): you know that you are a great writer and that we all adore you. Your words inspire not only our class but all the classes in France. However, well... I'm afraid I'm going to offend you.

Scudéry: try.

Coulange: your new essay is one-sided. It's limited to the ladies of the court, it talks only about the problems of those who can afford fans and silks. It forgets the women who work many hours every day, the women who have to kneel, run, and bend over. It forgets women who have no wet nurses for their babies. And it forgets those who would have to let their hemlines drag in the mud of cholera and tuberculosis if long skirts were really a duty.

Scudéry: oh.

Coulange: I'm sorry. I didn't wish to offend you-

Scudéry: leave me alone. I have to think.

SCENE 4

<u>In the Salon</u>

(ALL)

Laforce: you told her all that?

Coulange: my face is numb. I'm so afraid I've offended her...

Perrault: Madame Scudéry is a great woman. She knows how to take care of herself. In fact, I had brought a fairy tale called *Peau D'Ane* in her honour today, in which the beauty of skirts saves the protagonist, but perhaps I'd better ... read this fairy tale here.

Laforce: les fées?

Bernard: I remember that one. Madame Scudéry wrote the fairy tale herself a few years ago.

Perrault: I've refined it a bit -

Murat: hopefully not ruined...

Perrault: - but I think it's still very much in your spirit.

SCENE 5

<u>Fairytale: The Fairy</u>

(ALL)

Perrault: Voilà The Fairy.

Laforce: And the Morality?

Moralité

Diamonds and pistols

Can have much effect on the mind;

But gentle words

Are even more powerful and of greater value.

– Charles Perrault. "Moralité" Les contes de ma mère l'Oye. 1697

Scudéry: I wouldn't have said it like that.

Coulange: Madame Scudéry!

Scudéry: let me have a go. After all, Charles likes to put my words into writing.

Other Moral
Honesty costs money,
And wants a little indulgence,
But sooner or later it has its reward,
And often when you least expect it.
– *Charles Perrault. "Moralité" Les contes de ma mère l'Oye. 1697*

SCENE 6

<u>Coulange's Honesty</u>

(ALL)

Coulange: you are not angry with me?

Scudéry: I lectured freely to the académie, inspired by your words. I read my essay to them and made them agree, then embarrassed them with my lecture, your wisdom.

Aulnoy: embarrass them!

Scudéry: they were supposed to feel as I did to understand how one-sided our view of the world is. Our rules fit into the glamour of the court and we are proud of it. Too proud. We forget that our privileges are not tailored to all the women of France.

Coulange: I didn't insult you?

Scudéry: I insulted myself by forgetting to think further than my own nose. They only put glasses on me so that I could become more farsighted. I have to thank them.

Bernard: the académie liked your lecture?

Scudéry: is that important? They're not *that* great.

Aulnoy: does that mean we can celebrate?

Scudéry: please do!

Murat: I'll put cognac in our tea!

All: Vivat!

SCENE 7

<u>A Dénoûment for Laforce</u>

(LAFORCE, PERRAULT)

Laforce: Monsieur Perrault.

Perrault: Charles, please.

Laforce: I want to thank you. Not only have you written beautiful fairy tales, but you've also given us a reason to come together. I now have friends for the first time in my life.

Perrault: that's how I felt back then. Art saved me.

Laforce: I'm so happy. I wish you could go on writing forever.

Perrault: one day my ink will run out. but fairy tales will always exist. Rewritten, reprinted, reimagined. Fairy tales belong to the world because they originated from the world. But tell me, Mademoiselle, how does your fairy tale end?

Laforce: mine?

Perrault: that of little cendrillon. Will the prince find her?

Laforce: oh, I hope so. he will look for her all over the country. She will become a beautiful princess who works hard and honestly, all her life while waiting for her happiness. She will be loved by everyone thanks to her honesty, and she will be as powerful in her glass slippers as if they were red boots.

Perrault: and wolves?

Laforce: will become dogs.

Perrault: are they...?

Laforce: I don't know who I am yet. But I know that one day I'll belong somewhere. Among women, friends, heroes.

Perrault: I have no doubts about that.

SCENE 8

<u>The Moral</u>

(Scudéry gives Laforce back her glove as she recites the moral. Perrault stays behind and exchanges his piles of papers with a printed book of his fairytales)
(SCUDÉRY, LAFORCE, PERRAULT)

Moral

Beauty for sex is a rare treasure;
We never tire of admiring it;
But what is called good grace
Is priceless and even better.
This is what her godmother taught Cinderella,
By training and instructing her,
So well that she made her a queen.
(Because this is how this tale is moralised).
Beautiful, this gift is better than being well-dressed;
To engage a heart, to overcome it,
Good grace is the true gift of fairies;
Without it we can do nothing, with it we can do everything.
– Charles Perrault. "Moralité" Les contes de ma mère l'Oye. 1697

SCENE 9

<u>The End</u>
(all the women come out once more)

(ALL)
Scudéry: Scudéry.
Coulange: Coulange.
Bernard: Bernard.
Aulnoy: Aulnoy.
Murat: Murat.
Laforce: Laforce!
Scudéry: Art.
Coulange: Fun.
Bernard: Wisdom.
Aulnoy: Beauty.
Murat: Friendship.
Laforce: Freedom!

CONTES ET MORALITÉ

71

Märchen und Moral

Die Frauen von Perrault

Dramatis Personae
Besetzung der Uraufführung: Juni 2024
Unter der Regie von: Jey Withane
Mme Scudéry ... TERESA
Mme Coulange ... MARIIA
Mme Bernard ... EMILY
Mlle Aulnoy ... LAURA
Mme Murat ... MAJA
Mlle LaForce ... PHILINE
M Perrault ... PHILLIP
Das Böse ... JEY

AKT I

Dornröschen

SZENE 1

Die Vorstellung der Frauen

(Die Frauen sagen ihren eigenen Namen, immer in einer neuen Pose. Perrault ist immer mit auf der Bühne. Wenn nicht im Salon, dann steht er bei seinem Schreibtisch und beobachtet, schreibt mit.)

(Alle)

Perrault: Hier ist Madame Scudéry. Madame Coulange. Madame Bernard. Mademoiselle Aulnoy. Madame Murat.

Scudéry : Scudéry.

Coulage : Coulange.

Bernard : Bernard.

Aulnoy : Aulnoy.

Murat : Murat.

Scudéry : Kunst.

Coulange : Freude.

Bernard : Weisheit.

Aulnoy : Schönheit.

Murat : Freundschaft.

Scudéry : Scudéry.

Coulage : Coulange.

Bernard : Bernard.

Aulnoy : Aulnoy.

Murat : Murat.

Scudéry: Das Leben in Versailles ist kompliziert

Coulange: aber nicht unbedingt interessant.

Bernard: Wir wärmen uns in den Strahlen unseres Königs.

Aulnoy: und ignorieren die Schattenseiten unseres Glücks.

Murat: Das Land mag in Armut versinken.

Scudéry: Aber unser Hof glänzt,

Coulange: erhebt sich

Bernard, Aulnoy & Murat: dank unserer

Scudéry : Kunst.

Coulange : Freude.

Bernard : Weisheit.

Aulnoy : Schönheit.

Murat : Freundschaft.

Scudéry : Scudéry.

Coulage : Coulange.

Bernard : Bernard.

Aulnoy : Aulnoy.

Murat : Murat.

Coulange: Eine Frau hat nichts zu sagen,

Scudéry: deswegen schreiben wir.

Bernard: Eine Frau versteht keine großen Reden

Scudéry: deswegen lesen wir.

Aulnoy: Unser Glück findet sich im Ehering

Murat: und in der Seide aus Lyon.

Scudéry: Unsere Fächer sind groß, unsere Röcke sind weit, unsere Haare sind hoch,

Coulange: man sieht nicht, wie unsere Lippen sich bewegen, unsere Füße ungeduldig tappen **Bernard**: und unsere Stirn vor Ideen brodelt.

Aulnoy & Murat: Und so soll es auch sein.

Aulnoy: Murat kennt alle unsere Geheimnisse, man will sie nicht als Feind.

Murat: Aulnoy wird bald heiraten, wenn man von Romantik spricht, denkt man an sie.

Coulange: Bernard ist Witwe, ihre Macht und Freiheit am Hof ist nicht zu unterschätzen.

Bernard: Coulange steht für Freude und Humor, man kann sich immer auf sie verlassen.

Alle: Und Scudéry?

Scudéry: Scudéry versteht sich in der Literatur. Ihre Salons sind legendär, wie ihre Geschichten. Wenn es sie nicht gäbe, wären wir kein “wir”.

Scudéry : Scudéry.

Coulage : Coulange.

Bernard : Bernard.

Aulnoy : Aulnoy.

Murat : Murat.

Murat: Die … wer?

Aulnoy: Neu hier?

Bernard: In unserem Leben?

Coulange: Wie heißt sie?

Laforce: LaForce.

Scudéry: Mein Kind?

Laforce: Ja?

Scudéry: Komm mit mir mit. Ich zeige die Versailles.

(Laforce und Scudéry gehen ab)

SZENE 2

<u>Die Neue</u>

(MURAT, AULNOY, COULANGE, BERNARD)

Murat: Habt ihr gehört? Sie ist schwanger.

Aulnoy: Ich habe gehört, sie hätte in der Oper in Paris auf die Königin von Spanien gespuckt.

Coulange: Unsinn. Ich wette, sie hat jemanden umgebracht.

Bernard: Es sind immer die unschuldig Aussehenden, die, die unter ihren Roben Lumpen tragen, die, die Trauer in den Augen halten, die ein düsteres Geheimnis verstecken...

SZENE 3

<u>Im Salon</u>

(Der Salon ist immer auf der Bühne zu sehen, mit Sesseln und Vorhängen im Hintergrund. Die Frauen kommen rein und fühlen sich wie in ihrem eigenen Wohnzimmer.)

(ALLE)

Laforce: Auf wen warten wir?

Scudéry: Charles.

Bernard: Perrault.

Coulange: Er publiziert unsere Märchen.

Laforce: eure?

Scudéry: Nun, die der Welt.

Bernard: Wir erzählen sie ihm und er schreibt sie auf.

Laforce: Ist er so gut?

Murat: Er ist sehr ... formbar.

Bernard: Wir mögen ihn.

Coulange: Und manchmal mag er sogar uns.

Scudéry: Aber versteh uns nicht falsch, Liebes, wir sind hier alle Literaten. Wir alle schreiben. Wir alle lesen. Wir alle wissen, was es wert ist, geschrieben und gelesen zu werden.

Bernard: Es ist nur leichter für Männer zu publizieren.

Murat: Deswegen machen wir es ihm ein wenig schwerer.

Perrault: Wem macht ihr es schwer?

Coulange: Charles!

Perrault: Hoffentlich nicht mir, wisst ihr doch, dass es meine Mission ist, euch zu beflügeln.

Scudéry: Guten Tag, liebster.

Perrault: Guten Tag, meine Schöne. Ich habe euch heute *La Belle-* ohhh wer ist das?

Aulnoy: eine neue. Ihr Vater hat sie zu uns nach Versailles geschickt. Wir rätseln schon den ganzen Morgen.

Perrault. Nun, ich hoffe, euer Rätseln regt eure Vorstellungskraft nicht allzu sehr an.

Murat: Noiiin. Wir mögen schließlich keine wilden, ausgedachten lügen.

Aulnoy: Und wenn wir schon von jenen sprechen. Monsieur Perrault? Ihr heutiges Märchen?

SZENE 4

Das Märchen: Dornröschen.

(Die Märchen werden stark gekürzt von Perrault vorgelesen, so wie sie im Original stehen. Währenddessen ziehen sich die Frauen in einfache Kostüme um und spielen pantomimisch die Märchen.)

(ALLE)

Aulnoy: Bravo!

Coulange: schön!

Murat: Schön genug!

Bernard: *(schnarcht)*

Perrault: Es scheint Madame Bernard nicht gefallen zu haben?

Bernard: Oh, entschuldigt, wirke ich uninteressiert? Ich dachte nur, mein Schnarchen würde vielleicht einen Prinzen anlocken.

Coulange: Sie sind nicht zufrieden?

Bernard: Meine Gute, ich bin nicht zufrieden, seit mein Mann vor 10 Jahren starb.

Murat: Und wessen Schuld ist das?

Bernard: Tsk! Monsieur Perrault, sind sie einfach? Welche Frau würde ganze hundert Jahre schlafen wollen, nur um einen schönen Prinzen zu heiraten?

Murat: Na, wenn es schöne Prinzen gäbe...

Aulnoy: So schön und heroisch und gut er auch ist, ist er es je wert, sich so lange zu gedulden?

Murat: Dass du dich nicht gedulden kannst, Mademoiselle Aulnoy, das wissen wir. (Sie wird in zwei Wochen einen Mann heiraten, den sie seit einem Monat kennt.)

Bernard: Aber Mesdames haben wie lange auf Eure Hochzeit gewartet?

Murat: 2 Jahre.

Coulange: ein Jahr.

Scudéry: Seeeehr lange.

Bernard: Und bereut ihr es nicht? Ich habe damals auch 2 Jahre gewartet, um zu heiraten. Nur acht Jahre hatten wir zusammen. Hätte ich das geahnt, hätte ich keine Sekunde gewartet.

Murat: Er war also-

Bernard: Eine Kurtisane würde erblassen, wüsste sie von dem, was er erreichen konnte.

Aulnoy: Ugh, zwei Wochen noch.

Scudéry: Was also? Ihr mochtet das Märchen nicht, weil ihr nicht wisst, wie man sich selbst zufriedenstellt? einfältige Pinsel, als ob das das einzige im Leben ist. Das einzige, was wir erreichen könnten.

Coulange: könnten, aber können? Sagen Sie uns, Madame Bernard, in wie vielen Gesellschaften waren Sie willkommen, bevor Madame Scudéry Sie hier einlud?

Bernard: Ein Ehemann eröffnet viele Möglichkeiten.

Scudéry: Macht.

Murat: Politik.

Bernard: Einfluss.

Laforce: Freiheit...

Bernard: Nun denn.

Aulnoy: Und was ist mit der Liebe?

Alle: Ha!

(alle außer Scudéry und Laforce gehen ab)

SZENE 5

<u>Alleine</u>
(SCUDÉRY, LAFORCE)
Scudéry: Madame Laforce?
Laforce: Mademoiselle, bitte.
Scudéry: Das Märchen hat ihnen nicht gefallen?
Laforce: Doch, sehr. Auch ich hätte gerne-...
Bernard: Kommt ihr?
Scudéry: einen Moment. Hätte gerne..?
Laforce: Wäre ich schön, so hätte ich mich gehütet, der Nadel zu nahe zu kommen...

SZENE 6

<u>Die Moral</u>
(Die Moral wird immer von Perrault wie sie im Original steht vorgelesen – vom Autor übersetzt)
(SCUDÉRY, LAFORCE, PERRAULT)
MORAL

Ein wenig zu warten, um einen Ehemann zu haben,
der reich, gutgemacht, galant und sanft ist,
die Sache ist eher natürlich.
Aber hundert Jahre zu warten, und das schlafend ?
Man findet nicht mehr viele Weibchen ,
die so ruhig schlafen.
Die Fabel will uns dahingehend lehren,
dass man glücklicher wird, den Knoten zu knüpfen,
wenn man lange darauf gewartet hat.
Aber das Geschlecht, mit solchem Feuer,
will so dringend heiraten,
dass ich ihnen weder Kraft noch Herz habe,
diese Moral zu predigen.

JEY WITHANE

— Charles Perrault. "Moralité" Les contes de ma mère l'Oye. 1697

AKT II
Blaubart

SZENE 1

Murat und Coulange sorgen sich

(Aulnoy ist im Off, Murat und Coulange stehen und warten bei einer Tür.)

(MURAT, COULANGE, AULNOY (STIMME))

Murat: Wie lang noch?

Aulnoy: 1-einhalb Wochen!

Murat: Ich meinte da drinnen!

Coulange: Lass sie. Sie ist aufgeregt.

Murat: Sie probiert täglich ihr Hochzeitskleid an, um zu sehen, ob es ihr noch passt!

Coulange: Wirst du's ihr verübeln?

Murat: Liebte ich sie nicht so sehr, würde ich sie verprügeln. Wir kommen zu spät.

Aulnoy: 1-einhalb Wochen!

Murat: eine halbe Stunde!

Coulange: Scudéry wird auf uns warten. Noch hat ein Salon nie ohne uns begonnen.

Murat: Sicher, aber da war diese Laforce auch noch nicht bei uns.

Coulange: Du bist eifersüchtig?

Murat: Nie. Ich mag dieses Mädchen nur nicht. Sie versteckt etwas. Hast du gesehen, wie sie allen aus dem Weg geht? Dem Duc O. dem Baron M. selbst dem König!

Coulange: Und deshalb sind wir froh, dass Scudéry auf sie aufpasst.

Murat: Ich sag ja nur. So wird sie nie heiraten.

Aulnoy: WAS?!

Coulange: Wir sprechen von Laforce!

Aulnoy: Oh. Okay.

Coulange: Vielleicht möchte sie ja nicht heiraten. Würdest du es ihr verübeln?

Murat: ...nein.

SZENE 2

Aulnoys Traum

(Aulnoy kommt rausgeplatzt, sie strahlt vor Freude)
(MURAT, COULANGE, AULNOY, BERNARD)

Aulnoy: heiraten!

Murat: Schaut an, sie hat es geschafft, ihr Hochzeitskleid auszuziehen.

Aulnoy: heiraten!

Coulange: schaut an, in Gedanken trägt sie es noch.

Aulnoy: heiraten! heiraten! heiraten! Oh, ich werde die beste Ehe am Hof führen! Der König selbst könnte mich nicht verführen! Mein Mann wird mich lieben, mich halten, mich zu Bett tragen! Er wird mir Gedichte schreiben und vorsingen, er wird seinen Blick nie zu einer andern erheben! Seine Kissenprinzessin werd ich sein, seine Aphrodite des Glücks! Und jedes Mal, wenn er mich küsst, wird es ihm den Boden unter den Füßen wegreißen.

Coulange: eine Sturz-Ehe durch und durch.

Murat: Man "fällt" ja auch in die Liebe.

Coulange: Meine Liebe, du weißt, du liegst mir am Herzen, also muss ich dich fragen: Schwärmst du aus Optimismus oder Naivität?

Aulnoy: Wie meinst du das?

Coulange: Nun, du bist dir doch sicher bewusst, dass dein Verlobter nicht wirklich ein Märchenprinz ist, oder?

Aulnoy: Hä?

Coulange: Also mein Schatz, du weißt doch sicher, dass Ehe viel Arbeit ist. dass dazu Treue, Aufrichtigkeit und stetige Geduld gehören.

Aulnoy: Ich mag deinen Tonfall nicht.

Murat: Mademoiselle Aulnoy, was, wenn er dir nicht treu ist?

Coulange: Mademoiselle Aulnoy, was, wenn er dunkle Geheimnisse vor dir versteckt?

Aulnoy: Mademoiselle Aulnoy, was, wenn er ... nicht perfekt ist? Nein, das kann nicht sein. Lasst mich in Ruhe, ihr seid nur eifersüchtig, dass euer Mann nicht gut genug für eure Schönheit und Klugheit ist. Aber meiner? Meiner, der ist's. Oder meint ihr...?

Murat: Mademoiselle Aulnoy, die Ehe ist eine Prüfung. Auch Männer haben manchmal einen schlechten Tag. Und lieben wir sie nicht für ihre Lautstärke? Ihre Härte? Ihren Heldenmut? Doch was, wenn dieser laute, harte Heldenmut uns eines Tages trifft? Wirst du ruhig bleiben, geduldig, liebevoll? Wirst du nicken und knien und ihm noch immer die Socken ausziehen?

Coulange: Mademoiselle Aulnoy, was, wenn nicht er es ist, der die Prüfung nicht besteht?

Aulnoy: Mademoiselle Aulnoy ... sondern ... ich?

Bernard: Kommt ihr nun? Wir warten alle schon.

Coulange: Wir kommen!

Aulnoy: Geht ... geht schon einmal ohne mich.

SZENE 3

<u>Im Salon</u>

(ALLE)

Scudéry: Ah, Mesdames, wie schön, dass ihr es geschafft habt. Wir sind bereits bereit.

Coulange: Welches Märchen hören wir heute, Monsieur Perrault? Und sagt mir, dass die Farbe des Barts dort drüben bitte etwas damit zu tun hat und kein Versehen war.

Murat: Ein Versehen? Das könnte einem Charles doch nie passieren!

———— ❦ ————

SZENE 4

Das Märchen: Blaubart
(Alle sind schockiert)
(ALLE)
Scudéry: Also... wovon handelt das Märchen?
Perrault: Dass Frauen oft zu neugierig für ihr eigenes Wohl sind- DASS WIR ALLE oft zu neugierig sind und Neugier gefährlich ist. sehr gefährlich. Und wir. Wir lieben es nicht, in Gefahr zu sein.
(stille)
Perrault: So schlimm?
Murat: Nein. Gut.
Scudéry: Pardon?
Murat: Nun schaut doch, meine Damen. Wir haben doch alle Geheimnisse?
Coulange: Ich verheimliche nichts!
Murat: Auch nicht, dass du mal deinen Handschuh hast fallen lassen, damit der junge Duc O. ihn dir aufhebt? Du, Bernard, hast du dich nicht schon oft heimlich mit der Maitresse des Königs getroffen, um deine Ideen mit ihr zu besprechen? Und du, Scudéry, hast du nicht erst letztens dem Botschafter von Spanien gesagt, du hättest eine Geschichte bereits fertig geschrieben, und musstest sie dann noch in der Kutsche zur Lesung schreiben, so dass keiner außer dir deine Handschrift lesen konnte? Ja, ich kenne eure Geheimnisse. Ja, wir haben Geheimnisse. Warum also sollten Männer keine haben?
Laforce: Aber Leichen im Keller?

Murat: Sollte es nicht der Punkt sein, dass es uns nichts angeht?

Bernard: So wie unsere Geheimnisse dich nichts angehen?

Murat: Ich sage ja nicht, dass ich das Märchen überlebt hätte. Ich sage nur, dass wir unseren Ehemännern vertrauen müssen, wenn sie uns sagen, wir sollen sie nicht hinterfragen!

Coulange: Vielleicht hast du recht... heiraten wir deshalb nicht? Damit wir von ihnen gehalten werden? Beschützt und versorgt? Wenn unsere Ehemänner etwas von uns verlangen, sollten wir uns ihren Vorschriften nicht hingeben?

Aulnoy: Unsinn!

Scudéry: Mademoiselle Aulnoy!

Aulnoy: Monsieur Perrault, Sie haben etwas Wichtiges in Ihrem Märchen vergessen: Ja, zu viel zu wissen, zu viel zu wollen, zu viel zu hinterfragen kann gefährlich sein. Doch schauen Sie genau hin: Madame Coulange ließ ihren Handschuh fallen, damit sie vom Duc O. die neusten Bücher aus Paris erhalten kann. Madame Bernard traf sich mit der Maitresse des Königs, um ihre Ideen in seine Politik einfließen zu lassen. Und Scudéry ist nicht zu irgendeiner Lesung gegangen! Sie hat der Königin von Spanien vorgelesen, und ihr Text war nicht nur voller Poesie, sondern auch voller Klugheit! Sie hat damit ganz Europa beeindruckt und beeinflusst. Ohne ihre Lüge hätte der Botschafter von Spanien sie nie eingeladen.

Murat: Dein Punkt?

Aulnoy: Mein Punkt: Wir gehen vielleicht mit Optimismus und Naivität in die Ehe ein, doch wir führen sie mit Durchdachtheit und liebevoller Manipulation! Männer haben ihre Geheimnisse, genauso wie Frauen. Wir schauen uns auf gleicher Höhe in die Augen, weil wir wissen, was dahintersteckt. Sollte mein Ehemann irgendwann mal versuchen, meinem Blick auszuweichen, so wird er schon noch lernen, wie kraftvoll meine Hand ist.

SZENE 4

Flüsterndes Begehren

(SCUDÉRY, LAFORCE)
Scudéry: Hat sie dich eingeschüchtert?
Laforce: Nein. Beeindruckt. Wenn ich doch nur wie sie wäre…

SZENE 5

<u>Andere Moral</u>
(SCUDÉRY, LAFORCE, PERRAULT)
Andere Moral
Für jene, die vernünftig sind,
und die Welt weiß es gut,
ist es offensichtlich, dass diese Geschichten
ein Märchen vergangener Zeiten ist.
Es gibt keine so schrecklichen Ehemänner mehr,
die das Unmögliche verlangen.
Egal wie unzufrieden und eifersüchtig sie auch sind,
an der Seite ihrer Frau sind sie sanft.
Und egal welche Farbe sein Bart auch haben mag,
man weiß leicht, wer von den Beiden wirklich die Hosen anhat.
– Charles Perrault. "Moralité" Les contes de ma mère l'Oye. 1697

AKT III
Der gestiefelte Kater

SZENE 1

Scudéry und Bernards Gesetz
(Scudéry und Bernard, bereits im Salon, freuen sich über etwas)
(SCUDÉRY, BERNARD, LAFORCE, MURAT)

Laforce: Solch Freude?

Bernard: Die Maitresse des Königs hat ihn überzeugt! Bald schon bin ich im königlichen Rat!

Scudéry: Und alles, was es brauchte, war, die Maitresse von ihrer Liebestächtelei mit dem Duc O. aufschauen zu lassen.

Laforce: Das ist beeindruckend. Da, wo ich herkomme, hat das noch niemand geschafft.

Scudéry: Dort gibt es ja auch nicht den König, der nicht selbsteingenommener, sturköpfiger und kriegerischer sein könnte.

Laforce: Nein, aber genug andere, die genauso sind...

Bernard: Und weil er so selbsteingenommer ist, habe ich mich ihm angeglichen. Ich habe eine Culotte angezogen, Stiefel und Hut, und habe wie ein Mann gesprochen. Und weil er so stur ist, habe ich nie nachgelassen. Und weil er so kriegerisch ist, habe ich lauter gesprochen als alle anderen.

Laforce: Das Ziel?

Bernard: Schulen für alle. Weniger Steuern für die Bauern, oder bessere Verteilung, ab von Versailles und hin zu besseren Friedhöfen in der Stadt. und die Herrlichkeit Frankreichs aufrechtzuerhalten.

Scudéry: Damit meint sie-

Bernard: dass das Land groß genug ist. Wozu all diese Kriege für unfruchtbare Felder?

Laforce: Und im Kabinett des Königs können sie all dies erreichen?

Bernard: Und noch viel mehr. All diese Jahre der Unterwerfung. Ich habe meinen Mann geliebt, ja, doch es war erst nach seinem Tod, dass ich Freiheit erfuhr. Gespräche bis spät in die Nacht, kluge Köpfe die mir zuhören, Philosophen, die meinen Namen kennen. Nächtlich traf ich mich mit den Maitressen des Königs, täglich lächelte ich ihn an, um ihm ein Gesicht zu meinem Namen zu geben. Und nun, endlich, nach zehn Jahren, hat die harte Arbeit gefruchtet.

Murat (die reinkam): Ah, Mesdames. Ihr habt es also noch nicht gehört? Der Duc O. wurde soeben vom König ins Kabinett befördert.

Laforce: der Duc O.

Scudéry: der Liebhaber der Maitresse... Schnell, Murat, wusste der König denn nicht von Madame Bernards Mühen und Versuchen?

Murat: Er sagte, er verstünde sie nicht. Sie hätte ihre Weiblichkeit verloren und daher wäre er schlichtweg nicht an ihrer Schönheit interessiert. Und ohne Schönheit, ohne Jugend, ohne Röcke sieht er keinen Grund, einer Frau zuzuhören.

Scudéry: Aber wie konnte er! War sich der König der Beleidigung nicht bewusst?

Murat: Er schien stolz darauf zu sein.

Bernard: Lasst uns mit dem Salon beginnen. Märchen sind- Märchen sind doch immernoch-... Märchen.

SZENE 2
Das Märchen: Der gestiefelte Kater
(*ALLE*)

Coulange: Die hat mir gefallen.

Aulnoy: Clever, diese Katze.

Scudéry: Aber sagen Sie mir, Monsieur Perrault, wen hatten Sie im Kopf, als Sie den gestiefelten Kater schrieben?

Perrault: Wen ich im Kopf hatte?

Scudéry: Nun, ein Kater, der cleverer ist als alle anderen, sich wie die gehobene Gesellschaft kleidet und dadurch, zusammen mit seiner Gewieftheit, selbst die größten Magier nach seiner Nase tanzen lässt...

Perrault: Ich verstehe nicht...

Scudéry: Nun? Wer war ihre Inspiration?

Murat: Nun seien sie doch nicht so langsam!

Perrault: Madame Bernard?

Coulange: Ich bin verwirrt. Weshalb das Ärgernis?

Murat: Gekleidet wie ein Mann, plötzlich brillant in seiner Art...

Laforce: Derweil seine Katzen-Natur verlernt...

Perrault: Oh, das war nicht meine Intention.

Bernard: Mesdames, vielleicht lesen wir zu viel in diese Geschichte hinein. Charles, gehen Sie einen Tee trinken, Ihre Stimme muss müde sein. Mesdames, danke für eure Sorge, doch ich bin der Welt nicht böse. Der König hat mich beleidigt, wie er auch seine Mutter beleidigte, als er in Kinderschuhen gekrönt wurde und sie ihrer Mitsprache beraubte. Doch so ist die Welt. So ist sie.

Scudéry: Und Perrault werden publizieren.

Coulange: Voilà eine Moral.

Murat: Lasst uns auch einen Moment einen Tee trinken gehen. Die Luft im Salon fühlt sich geradezu dick an.

SZENE 3

Machtlos

(PERRAULT, LAFORCE)

Perrault (*mit Tee zurückkehrend*): Alle weg?

Laforce: oder unsichtbar.

Perrault: unsichtbar?

Laforce: Die Geschichte wird uns vergessen. Es wird sein, als wären wir nie hier gewesen.

Perrault: Aber ihr ward es.

Laforce: Ja. unsichtbar.

Perrault: Und dennoch hat das den Unterschied gemacht. Mein Kind?

Laforce: Kennen Sie die Geschichte des Cinderellas?

Perrault: Nein.

SZENE 4

Märchen: Cinderella

(PERRAULT, LAFORCE, SCUDÉRY)

Perrault: Da hört es auf?

Laforce: Ich kenne nicht das Ende. noch nicht.

Scudéry: Hier also die Moral:

Moral

Es ist sicherlich von großem Vorzug,

Verstand und Mut,

eine gute Familie und einen guten Kopf,

und andere solcher Talente,

eben all das, was der Himmel mit uns teilt, zu haben.

Aber es ist gut zu wissen,

dass all dies für den Erfolg nutzlos ist,

wenn man nicht, um es einzusetzen,

auch gute Paten und Patinnen hat.

– Charles Perrault. "Moralité" Les contes de ma mère l'Oye. 1697

(Erschreckt durch Scudérys Nähe rennt Laforce weg und verliert ihren Handschuh, den Scudéry aufhebt.)

SZENE 5

Rückkehr der Anderen

(Sie kommen kichernd rein.)

(ALLE)

Scudéry: Ihr seid also nicht mehr wütend?

Bernard: Oh, ich bin wütend. Aber meine Wut ist eisig, nicht heiß. Sie ist nicht laut, sondern geflüstert. Sie ist nicht überschwänglich, sondern präzise. Der König mag sagen, dass ich meine Weiblichkeit verloren habe, doch selbst in Culottes weiß ich noch, wer ich bin. Unsere Kriege werden nicht auf Schlachtfeldern ausgetragen, Mesdames, unsere geschehen hinter erhobener Hand vor dem Mund und Gift auf der Zunge. Der König mag sich dessen nicht bewusst sein, so soll er sich im Frieden denken. Ich werde weiter seiner Maitresse meine Ideen zuflüstern, bis ich sie auf Staatspapieren von ihm unterschrieben sehe. Ich brauche dafür keine Culotten. keine Stiefel. Kein Verstecken meines Korsetts. Wir brauchen das nicht. Wir regieren bereits Versailles, schaut uns doch an. Ist die Kunst nicht das Festhalten der jetzigen Ideen der Gesellschaft sowie das Entfachen zukünftiger Ideen? Wir sind nicht nur am Puls der Zeit, wir sind das Herz, das die Welt zum Leben bringt. Scudéry, schreib du weiter deine Geschichten, Aulnoy, schaue deinem Verlobten weiter in die Augen, Coulange, glaube weiter an die Stärke deiner Compatriote. Und wer weiß, vielleicht trägt der König bald Röcke, um so königlich mächtig zu sein wie wir.

Scudéry: Ja. und dass auch wir all dies nicht vergessen.

Bernard: Monsieur Perrault? Da haben sie ihre Moral!

AKT IV
Rokäppchen

SZENE 1

<u>Erneute Vorstellung</u>

Scudéry : Scudéry.

Coulage : Coulange.

Bernard : Bernard.

Aulnoy : Aulnoy.

Murat : Murat.

Scudéry : Kunst.

Coulange : Freude.

Bernard : Weisheit.

Aulnoy : Schönheit.

Murat : Freundschaft.

Aulnoy: Murat kennt alle unsere Geheimnisse, man will sie nicht als Feind.

Murat: Aulnoy wird in einer Woche heiraten. Wenn man von Romantik spricht, denkt man an sie.

Coulange: Bernard ist Witwe, ihre Macht und Freiheit am Hof sind nicht zu unterschätzen, der König wird sie fürchten lernen!

Bernard: Coulange steht für Freude und Humor, man kann sich immer auf sie verlassen.

Laforce: Scudéry ist wunderschön, von innen und von außen. Es gibt keinen, der so clever schreibt wie sie. Was in ihren Salons besprochen wird, ist am nächsten Tag Gesetz. Kunst wiedergibt die Welt, Kunst beeinflusst die Welt. Scudéry ist nicht nur am Puls der Zeit, sie ist das Herz. das Herz. Mein Herz?

Scudéry: Und du, Laforce?

Aulnoy: Laforce mag keine Männer.

Murat: Man sagt, sie hätte einst zu viele gehabt.

Coulange: Sie wirkt immer einsam und verloren, man möchte sie beschützen.

Bernard: Für sie kämpfen.

Scudéry: Und du, Laforce?

Laforce: Ein Stich der Spindel, eine Frau, die sich dem Mann widersetzte, und Stiefel, die ich mir nie zu tragen erhoffe...

Alle: *(gähnen)*

SZENE 2

<u>Verurteilung I</u>

(MURAT, LAFORCE, COULANGE)

Murat: Nun sag schon, Schwesterchen, was vermiest dir die Laune? Denn wenn du so weitermachst, wird unsere Laune auch bald vermiest sein.

Laforce: Das möchte ich nicht.

Murat: Dann lächle doch mal. Ah. ein schönes Lächeln. Deine Zähne müssen viele Männer verführt haben. Ah! Ich liege richtig? Was, bist du wirklich schwanger?

Laforce: Nein!

Murat: Ah, ich weiß, du wolltest durchbrennen!

Laforce: nie! Ich-

Murat: Oder hast du einen Antrag abgewiesen, so dass nun niemand dich mehr will? Wolltest du zu viel? Hälst dich für eine Prinzessin, wenn du nicht einmal die Mode von Versailles verstehst?

Coulange: Madame Murat! Genug! Lass das Mädchen in Ruhe. Siehst du nicht, dass sie eine schwere Last im Herzen trägt? Geh, geh vor zum Salon und lass uns in Ruhe.

SZENE 3

<u>Verurteilung II</u>
(COULANGE, LAFORCE)

Coulange: Meine Liebe, ich muss mich entschuldigen. Wir sind nicht alle so. Dein Geheimnis ist deins, niemand muss es wissen.

Laforce: Danke.

Coulange: Doch wisse, wenn du es uns erzählen willst, dann traue dich. Eine Last zu tragen ist leichter zu zweit.

Laforce: Madame Coulange. Wurden sie je vor ihrer Ehe berührt?

Coulange: Ich hätte mich gehütet! Dafür ist die Ehe schließlich da. die Unschuld vorher zu beschmutzen-

Laforce: Natürlich.

Coulange: Oh, Mädchen, hüte dich vor deinen Begierden. Uns wird vieles verziehen, doch niemals mehr zu wollen als uns zusteht.

Laforce: Natürlich.

Coulange: Du hast doch wohl nicht etwa-

Laforce: Nein. Gewollt habe ich es nie.

Coulange: Dann ist gut. Selbst Scudéry wäre diesem Vergehen nicht gut gesinnt. Nun komm. Der Salon beginnt.

SZENE 4

<u>Märchen ohne Moral</u>
(ALLE)

Aulnoy: Schauen Sie, Madame Coulange, was Monsieur Perrault uns heute mitgebracht hat! Rot, wie die Liebe!

Murat: Wie die Lust!

Bernard: Oh, Mädchen. Wie der Krieg!

Coulange: Synonym.

Scudéry: Setzt euch, beruhigt euch, wir wollen beginnen.

<u>Märchen: Rotkäppchen</u>

(Stille)

Scudéry: Und die Moral?

Laforce: Ich weiß sie schon. Rotkäppchen hätte nicht gehen dürfen. Sie hätte kein Rot tragen dürfen. Sie hätte dem Wolf nicht vertrauen dürfen. Sie hätte nicht ihrer Mutter, ihrer Großmutter, dem Wald vertrauen dürfen, sie- ihre Schuld. Es ist alles ihre Schuld. Sie hätte hundert Jahre schlafen müssen, sie hätte nie versuchen sollen, sich dem Mann zu widersetzen, sie hätte Stiefel und Hut tragen müssen, sie hätte es wissen müssen, sie hätte- sie hätte- sie-

Scudéry: Aber, Mademoiselle Laforce!

Murat: Was erzählst du da?

Aulnoy: Ihre Schuld?! Dass ich nicht lache.

Coulange: Aller Schuld, aller Schuld war es, aber nicht ihre!

Bernard: die Mutter, die Großmutter, der Wald, sie hätten es besser wissen müssen. Aber die Schuld? Die Schuld liegt nur beim Wolf!

Laforce: Aber ...

Scudéry: Nein, Mademoiselle Laforce! Was auch immer du dachtest, basierend auf dem, was zuvor gesagt wurde, du irrtest dich. Wir nehmen jedes Wort zurück, das den Anschein einer Schuldzugabe hatte. Das Rotkäppchen ist unschuldig, Punkt.

Coulange: Ich stehe ganz bei dem Rotkäppchen.

Murat: Das Rotkäppchen sollte sich nie mit solchen Gedanken verstecken müssen.

Aulnoy: Ich sag: Liebe, Lust und Krieg, aber nach unsrer Nase nach.

Laforce: Mesdames...

Scudéry: Charles! deine Moral!

SZENE 5

<u>Moral</u>

Moral
Man sieht hier, dass junge Kinder,
vor allem junge Mädchen,
schön, gutgemacht und nett,
selten auf die Erwachsenen hören.
Ist es dann nicht verständlich,
dass sie der Wolf frisst?
Ich sage Wolf, denn nicht alle Wölfe
sind der gleichen Art.
Er ist gelassener Stimmung,
nicht lärmend, ohne Gehässigkeit und ohne Zorn,
privat, freundlich und sanft.
Er folgt den jungen Damen
bis in ihr Haus, bis in die kleinen Gassen,
und ach! Wer weiß es nicht. Die Wölfe, die besonders sanft sind,
sind oft die gefährlichsten.
– Charles Perrault. "Moralité" Les contes de ma mère l'Oye. 1697

SZENE 6

<u>Make-Over</u>
<u>(ALLE)</u>

Murat: Sie weint.

Coulange: Sind es Tränen der Freude?

Bernard: Oder der Wut?

Laforce: Tränen sind immer salzig.

Aulnoy: Und immer leicht zu trocknen.

Laforce: Danke ... ich fühle mich leichter. und etwas nass.

Murat: Weißt du, was helfen könnte?

Laforce: Was?

Murat: ICH!

Aulnoy: Kleider!

Murat: Du wirst fein und raffiniert wirken.

Aulnoy: So schön, dass alle ihren Blick vor dir abwenden, aus Sorge, sich zu blenden.

Coulange: Das Korsett nicht zu eng, sie soll ihre Weichheit nicht verlieren.

Bernard: Hohe Schuhe, damit du auf Würmer hinabschauen kannst, während du durch die Gänge dieses Schlosses marschierst.

Murat: Hier einen Fächer, um frei sprechen zu können.

Aulnoy: Und Lippenstift, um mit deinen Lippen die Welt zu markieren.

Coulange: Hier einen Schal, damit dir niemals kalt wird.

Bernard: Schultern zurück, Kinn hoch, und lauf!

Scudéry: Nur die Handschuhe fehlen noch...

AKT V

Die Feen

SZENE 1

<u>Coulanges Lüge</u>

(In dieser Szene ist Scudérys Rock in ihrer Unterwäsche gefangen und ihr Lippenstift ist ein wenig verschmiert.)
(COULANGE, SCUDÉRY)

Scudéry: Madame de Coulange! Gut, dass ich sie antreffe. Ich treffe mich gleich mit der Académie Française, um ein Essay für den Kanon vorzuschlagen.

Coulange: Sie erzählen mir das, als wartete ich nicht schon seit Wochen auf diesen Tag.

Scudéry: Ich kaue euch die Ohren ab, es tut mir leid.

Coulange: Sie erklimmen einen großen Berg, Madame, sich über das richtige Schuhwerk Sorgen zu machen, ist natürlich und nötig.

Scudéry: Ich liebe sie, Madame. Also vergeben Sie mir, wenn ich mich noch einmal zur Vergewisserung nach Ihrer Meinung erkundige?

Coulange: Immer, meine Liebe.

Scudéry: das Schuhwerk. Ist es … ausreichend?

Coulange: Ja, Madame. Sowohl ihr Auftreten als auch ihre Worte werden das Königreich beeindrucken und beeinflussen. Wie lange noch, bevor die Académie eintrifft?

Scudéry: eine halbe Stunde.

Coulange: Dann gehen sie, gehen sie, heißen sie die Herrschaften willkommen. Ich warte hier draußen auf sie.

SZENE 2

<u>Coulanges Angst</u>
(COULANGE, AULNOY)

Aulnoy: Madame de Coulange!

Coulange: Meine Schöne! Sie strahlen!

Aulnoy: Wie könnte ich nicht? Eine Hochzeit am Hof des Sonnenkönigs!

Coulange: Und ihre erste Nacht?

Aulnoy: Nun klingen sie schon wie Madame Murat... ein voller Erfolg!

Coulange: Ah?

Aulnoy: Nun. Ein erster Schritt in die richtige Richtung. Aber ich muss Ihnen und Madame Murat danken. Ihre Ehrlichkeit hat mich zwar erst verletzt, verunsichert, doch ich bin dank Ihnen nun eine selbstbewusste Ehefrau.

Coulange: Bereits?

Aulnoy: Ich verstehe, dass mein Ehemann mir nichts zu befehlen hat und dass ich ihm dennoch dienen kann. ebenso wie ich ihm nichts zu befehlen habe und er mir dennoch dienen kann. Ein Herz ist ein Herz und Liebe existiert in allen, ob sie nun im Körper einer Frau oder im Körper eines Mannes sind. Vor allem sind wir Menschen und wir verdienen Vertrauen.

Coulange: Ich bin so froh, das zu hören.

Aulnoy: Kommen Sie nachher mit zum Salon?

Coulange: Wann habe ich je eine Sitzung verpasst? Ich warte nur noch auf Scudéry, die in wenigen Minuten ihren neuen Essay der Académie Francaise präsentieren wird.

Aulnoy: Oh. Doch hoffentlich nicht ihr Essay zur Verteidigung der langen Röcke?

Coulange: eben der.

Aulnoy: Oh.

Coulange: Sie finden ihn nicht gut?

Aulnoy: Und sie schon?

Coulange: Wenn sie mich so fragen...

Aulnoy: Madame de Coulange...

Coulange: Gehen Sie. Gehen Sie zum Salon und sagen Sie, wir werden etwas zu spät kommen.

Aulnoy: gut...

SZENE 3

<u>Coulanges Sanftmütigkeit</u>

(COULANGE, SCUDÉRY)

Coulange: Madame Scudéry?

Scudéry: Es ist noch nicht geschafft, die Académie ist noch nicht da.

Coulange: Ich weiß! Ich, äh, ich muss ihnen mit Ehrlichkeit entgegentreten.

Scudéry: So wie sie es immer tun, hoffe ich doch?

Coulange: Die Wahrheit ist ... ich habe sie angelogen.

Scudéry: Sie!

Coulange *(während sie Scudérys Outfit arrangiert)*: Sie wissen, dass sie eine großartige Autorin sind und dass wir sie alle anhimmeln. Ihre Worte beflügeln nicht nur unseren Stand, sondern alle Stände Frankreichs. Allerdings, nun... ich befürchte, ich werde sie beleidigen.

Scudéry: Versuchen Sie es.

Coulange: Ihr neuer Essay ist einseitig. Er beschränkt sich nur auf die Damen des Hofs, spricht über den Zusammen jener, die sich Fächer und Seide leisten können. Er vergisst die Frauen, die täglich Stunden arbeiten, die Frauen, die knien, rennen, sich bücken müssen. Er vergisst Frauen, die keine Ammen für ihre Babys haben. Und er vergisst jene, die in der Sülze der Cholera und Tuberkulose ihre Säume schleifen lassen müssten, wären lange Röcke wirklich eine Pflicht.

Scudéry: Oh.

Coulange: Es tut mir leid. Ich wünsche nicht, sie zu beleidigen-.

Scudéry: Lassen Sie mich allein. Ich muss denken.

SZENE 4

<u>Im Salon</u>

(ALLE)

Laforce: Das alles sagtest du ihr?

Coulange: Mein Gesicht ist taub. Ich habe solche Angst, ich habe sie beleidigt...

Perrault: Madame Scudéry ist eine große Frau. Sie weiß, auf sich aufzupassen. Tatsächlich hatte ich heute in ihren Ehren ein Märchen namens *Peau D'Ane* mitgebracht, in dem die Schönheit von Röcken die Protagonistin rettet, doch vielleicht sollte ich lieber ... dieses Märchen hier lesen.

Laforce: Die Feen?

Bernard: Ich erinnere mich daran. Madame Scudéry verfasste selbst das Märchen vor einigen Jahren.

Perrault: Ich habe es etwas verfeinert-

Murat: Hoffentlich nicht ruiniert...

Perrault: Doch ich glaube, es ist noch immer ganz in ihrem Sinne.

SZENE 5

<u>Märchen: Die Feen</u>

(ALLE)

Perrault: Das waren also die Feen.
Laforce: Und die Moral?

Moral
Diamanten und Geld,
wirken stark auf die Gemüter.
Aber sanfte Worte
haben noch größere Macht und sind so viel mehr wert.
– Charles Perrault. "Moralité" Les contes de ma mère l'Oye. 1697

Scudéry: Na, so hätte ich es aber nicht gesagt.
Coulange: Madame Scudéry!
Scudéry: Hört. Da Charles ja so gerne meine Worte verschriftlicht.
Coulange: Madame Scudéry!
Scudéry: hört.

Andere Moral
Ehrlichkeit kostet viele Mühen
und will etwas Gefälligkeit.
Aber früher oder später zahlt sie sich aus,
und oft in noch weniger Zeit, als man es glaubt.
– Charles Perrault. "Moralité" Les contes de ma mère l'Oye. 1697

SZENE 6

<u>Coulanges Ehrlichkeit</u>
(ALLE)
Coulange: Sie sind mir nicht böse?
Scudéry: Ich habe der Académie frei vorgetragen, von ihren Worten inspiriert. Ich las ihnen meinen Essay und ließ sie zustimmen, um sie dann mit meinem Vortrag, ihrer Weisheit, zu blamieren.

Aulnoy: Blamieren!

Scudéry: Sie sollten ebenso wie ich fühlen, um zu verstehen, wie einseitig unsere Sicht auf die Welt ist. Unsere Regeln passen in den Glanz des Hofes und wir sind darauf stolz. zu stolz. Wir vergessen, dass unsere Privilegien nicht auf alle Frauen Frankreichs zugeschnitten sind.

Coulange: Ich habe sie nicht beleidigt?

Scudéry: Ich habe mich selbst beleidigt, indem ich vergaß, weiter als meine eigene Nase zu denken. Sie haben mir nur eine Brille aufgesetzt, damit ich weitsichtiger werden konnte. Ich muss Ihnen danken.

Bernard: Die Académie mochte ihren Vortrag?

Scudéry: Ist das wichtig? So toll sind die auch nicht.

Aulnoy: Heißt das, wir können feiern?

Scudéry: Ich bitte darum!

Murat: Ich werde Cognac in unseren Tee mischen!

Alle: Vivat!

SZENE 7

<u>Ein Dénoûment für Laforce</u>
(LAFORCE, PERRAULT)

Laforce: Monsieur Perrault.

Perrault: Charles, bitte.

Laforce: Ich möchte Ihnen danken. Nicht nur haben sie wunderschöne Märchen geschrieben, sie haben uns auch einen Grund gegeben, zusammenzukommen. Ich habe jetzt zum ersten Mal in meinem Leben Freundinnen.

Perrault: So ging es mir damals auch. Die Kunst rettete mich.

Laforce: Ich bin so glücklich. Ich wünschte, sie könnten immer weiterschreiben.

Perrault: Eines Tages wird meine Tinte erschöpft sein. Doch Märchen wird es immer geben. neuverfasst, neugedruckt, neu erfunden. Märchen gehören der Welt, da sie der Welt entsprungen sind. Doch sagen Sie, Mademoiselle, wie geht Ihr Märchen aus?

Laforce: Meines?

Perrault: das des kleinen Cinderellas. Wird der Prinz sie finden?

Laforce: Oh, vielleicht. Aber eigentlich ist es egal. Sie wird auch ohne ihn eine wunderschöne Prinzessin werden, die ihr Leben lang hart und ehrlich arbeitet, während sie auf ihr Glück wartet. Sie wird von allen geliebt sein, dank ihrer Ehrlichkeit, und sie wird so mächtig sein in ihren gläsernen Pantoffeln, als seien es rote Stiefel.

Perrault: Und die Wölfe?

Laforce: Werden Hunde werden.

Perrault: Sind sie..?

Laforce: Ich weiß noch nicht, wer ich bin. Aber ich weiß, dass ich eines Tages irgendwo dazugehören werde. unter Frauen, Freundinnen, Heldinnen.

Perrault: Daran habe ich keinen Zweifel.

(Scudéry gibt Laforce ihren Handschuh zurück und sie schließen sich der Party an. Perrault bleibt zurück und tauscht seine Stapel Papiere mit einem gedruckten Buch seiner Märchen aus.)

SZENE 8
<u>Moral</u>
(SCUDÉRY, LAFORCE, PERRAULT)
Moral
Die Schönheit des Geschlechts ist ein seltener Schatz,
man nimmt es sich nie, ihn zu bewundern.
Aber das, was man Güte nennt,
ist noch viel mehr wert.
Das ist es, was Cinderella erhalten hat,
als ihre Patin sie anzog und erzog,
so gut wie eine Königin.

(Das ist die Moral der Geschicht.)
Meine Schönen, diese Gabe ist mehr wert, als modisch zu sein,
um ein Herz zu bezaubern, um ein Ziel zu erreichen.
Die Güte ist die wahre Gabe der Feen.
Ohne sie kann man nichts, mit ihr kann man alles.
— Charles Perrault. "Moralité" Les contes de ma mère l'Oye. 1697

SZENE 9

<u>Ende</u>
(Alle Frauen kommen noch einmal heraus)
(ALLE)
Scudéry : Scudéry.
Coulage : Coulange.
Bernard : Bernard.
Aulnoy : Aulnoy.
Murat : Murat.
Laforce: Laforce!
Scudéry : Kunst.
Coulange : Freude.
Bernard : Weisheit.
Aulnoy : Schönheit.
Murat : Freundschaft.
Laforce: Freiheit!

About the Author

"I write so I may one day quote myself."
    -- Jey Withane